左立诗 著

得車樓 譚藝

管崌题

内容丰富，形式多样，且图
文并茂，但都是从艺术这一
点说开去，并由此进入一个
大千世界，直达读者的心灵，
像一股暖流……

中国书籍出版社
China Book Press

图书在版编目（CIP）数据

得车楼谭艺 / 左立诗著. -- 北京：中国书籍出版社，2018.11

ISBN 978-7-5068-7062-7

Ⅰ.①得… Ⅱ.①左… Ⅲ.①中国文学—当代文学—作品综合集 Ⅳ.① I217.2

中国版本图书馆 CIP 数据核字（2018）第 248958 号

得车楼谭艺

左立诗　著

责任编辑	张　文
责任印制	孙马飞　马　芝
封面设计	中联华文
出版发行	中国书籍出版社
地　　址	北京市丰台区三路居路 97 号（邮编：100073）
电　　话	（010）52257143（总编室）　（010）52257140（发行部）
电子邮箱	eo@chinabp.com.cn
经　　销	全国新华书店
印　　刷	三河市华东印刷有限公司
开　　本	710 毫米 × 1000 毫米
字　　数	124 千字
印　　张	13.25
版　　次	2019 年 1 月第 1 版　2019 年 1 月第 1 次印刷
书　　号	ISBN 978-7-5068-7062-7
定　　价	56.00 元

版权所有　翻印必究

陸士詩藝文錄

曾彰初九十題

植根艺术沃土的"谭艺"

左立诗的这本艺文集，名叫《得车楼谭艺》。所谓"谭艺"就是讲述他对艺术的追求和感悟。他的这些艺文来源于他成长的环境和经历，文字朴实，清新自然，立论有据，阐微发幽。读他的文章，让人感觉文风严谨，自然亲切，如春风拂面。

左立诗是一位书法家，他写的文章大多与书画有关。有学习书法的体会，有与书画家交往的记录，还有一些目光独到的书评画评。这些文章给我一个总的印象，全是植根于艺术沃土的真实表达。

左立诗生于双峰，说起来也是我的小老乡。

双峰、涟源在新中国成立前同属于湘乡县。近代湘乡，由于湘军崛起，以曾国藩为代表的"湘乡文派"在晚清举足轻重。文风绵绵，而今不衰。今日双峰成了全省的书画之县。

左立诗在这样的环境中耳濡目染，从小爱好艺术，参加工作后，一直以笔耕为乐。他植根于这一方艺术沃土，所以，他的书论、散记，无不与这块土地上的艺术人物紧紧相扣。

左立诗老家蒋市镇，是蜀相蒋琬出生之地，与曾国藩老家荷叶地界接壤。这里民风淳朴，文化发达。成长于斯的他对先贤前辈心往神驰。在这本谭艺录中，有的记叙曾国藩重文兴学的故事；有的记叙曾国藩与同时代大书法家何绍基的书法情谊；还有自己对曾国藩书法特色及成就的独特体会和评价。

左立诗生活在当代，他从往哲先贤的艺术中汲取精髓，更不忘宣传本地当代艺术家。他所推介的双峰艺术家，我大都认识，比如王憨山、曾彩初、黄定初……记叙与这些艺术家的交往，肯定了他们的艺术成就，篇篇生动传神，当然，他也从中受益。足见他有着深刻的艺术敏锐力和艺术鉴赏力，以及见贤思齐的精神。

左立诗生活在这种艺术气氛之中，在自己的艺术道路上更是一丝不苟，勤勉好学，努力向善求真，已有成就。工作之余，神交古人，习帖练字，又多次外出学习，到中国书法院进修，转益多师，不断提升自己。所以，他的文章中，有赴京学习的心得、赴韩交流的感受，无一不发诸真情，出自肺腑。

　　左立诗在艺术探求的路上孜孜不倦，不唯写字，而且从前贤今人身上体会德与艺的关系，体味艺术的魅力，体验艺术的艰辛，并行诸文字，不只是他书法学习的艺术总结，更是他对艺术与人生的思考与感悟。

　　左立诗的文章自然简朴，天然去雕饰，在清新流畅的文字里，倾注着他对书法的热爱，对美的追求。他是个善读书的人，所以字脱俗气，文有真情，自然生辉。他还习画，祝左立诗的书画与文章并美，更上层楼。

　　是为序。

谭谈：中国作家协会副主席
　　　湖南省文联原主席

目录

01/ "真知大源"与"必传千古"
　　——曾国藩与何绍基的书法情缘

09/ 再读王憨山
　　——憨山逝世六周年祭并谈"憨体"书法

15/ 字乐？自乐！

19/ 试谈"毛体"话"风流"

27/ 士子归来　天下归心
　　——试说邓小平与曾国藩做的同一件事

34/ 曾国藩的书论、书法及其他

45/ 出色的家庭团队——曾国藩兄弟

57/ 一联吐衷心，二字须分明
　　——读左宗棠挽曾国藩联

61/ 从获侍砚席到撰书墓志
　　——记曾昭燏与胡小石的师生情谊

68/ 山高人仰止
　　——参观张继老师《中国书画千字文》诗书画印展有感

72/ 传统书法的一面旗帜
　　——贺曾老彩初先生九十华诞

75/ 曾老叫我讲真话
　　——我和彩初先生的最后一次笔谈献作七七祭

80/ 希特剪纸艺术之"特"说

86/ 佳人兮，不能忘
　　——缅怀李继泉先生其人其画

94/ 藏着神秘　留着期待
　　——黄定初先生山水画初识

98/ 哲人的诗、书
　　—— 李让成先生印象

101/ 增损古法　裁成今体
　　——走近王雪樵的书法艺术

105/ 乡情·神韵·怀斯
　　——参观李再喜先生广州水彩画展有感

110/ 读他的联乃人生一大快事

114/ 请到双峰看雪松

118/ 闲来写字最可人

121/ 选帖如同找伴侣

124/ 怎样与古人进行书法对话

127/ 我也玩字号

130/ 学书随记

135/ 北京找"北"
　　——中国书法院学习感怀

138/ 书法之旅散记

143/ 侃山

146/ 羊祜今何在　且看大风来

148/ 从阿大夫的下场所想到的……

150/ "宰相故里"绽放的民主之花

156/ 诗歌选粹

164/ 对联选粹

167/ 古雅温润话"左书"／贺戡黎

171/ 禅心入字　墨趣天成／谢　琰　谭剑翔

175/ 国藩故里左"隶书"／凌　军

177/ 治教如立诗
——记双峰县井字镇学区主任左立诗

180/ 无愧于人民

182/ 伯父左福祺赠联

183/ 网友赵贵生赠联

184/ 左立诗年表

193/ 自然的韵味（跋）／阳　剑

195/ 后　记

"真知大源"与"必传千古"

——曾国藩与何绍基的书法情缘

曾国藩（1811—1872），号涤生，湖南湘乡（今双峰县）人，晚清"中兴名臣"。何绍基（1799—1873），字子贞，湖南道州（今道县）人，晚清"书法第一人"。这两位湖南同乡，都是道光年间的进士，同朝为官，何比曾长12岁，享年74岁，曾比何却早逝一年，享年只61岁。一个以事功留名，一个以书法名世。他们年轻的时候，都以读书博取功名，后半生，人生轨迹各不相同，一个以书法和著述为业，创建了独有的回腕执笔法和个性化书风。一个以显赫事功成为封疆大吏，被清廷誉为"勋高柱石"。但，他们之间有着一种不解的书法情缘。曾氏说何字"必传千古无疑"，何氏说曾氏对书法是"真知大源"。现在，我们还能从曾国藩的日记、家书、诗歌中寻找到他们当年那段鲜为人知的故事。

一、"思常见"与"极相合"

当时在京城有一批湖南人，他们经常在一起，互相砥砺，以图共进，曾何二人就是其中

曾国藩
书法作品

杰出的代表。从道光二十二年十月至十二月，三个月中，仅曾氏日记上有明确记载的交往就达15次之多，曾何平均每6天就见面一次。

从日记中，我们可看出他们的交往，不是谈诗作文，就是琴棋书画，不是言行修养，就是励志图进。特别是曾氏每日都不放过自己言行的一点过缺，甚至在日记中骂自己"不是人"，严厉解剖自己，把何氏视为长辈和楷模，自觉砥砺。

曾氏非常珍惜两人的情谊，一直关注着何氏，把何氏的一切都挂在心上，不仅自己，还与家人一起来关心他。

道光二十二年曾氏写信告诉家中父母："同乡何子贞全家住南京，闻又将进京。"

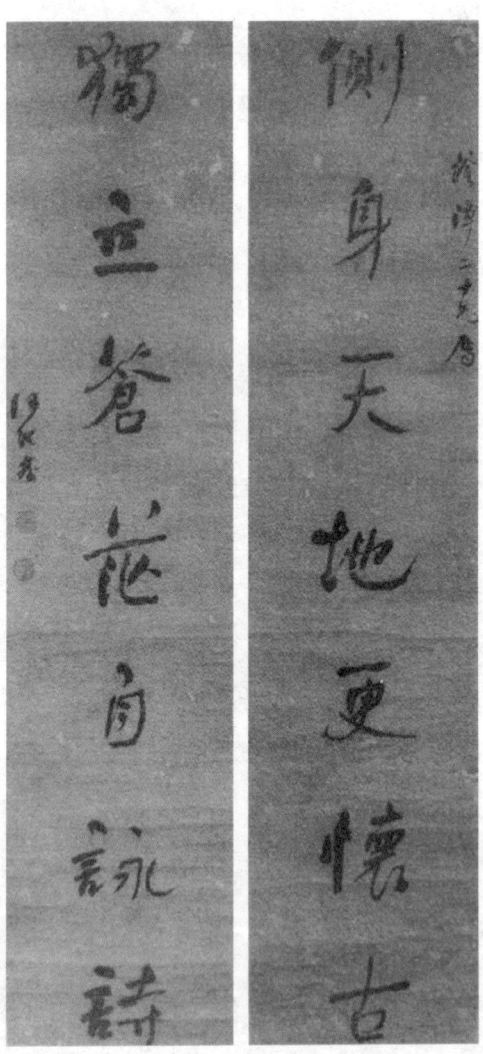

何绍基书法

八月十二日接着写信告诉父母："何子贞全家皆来京。"九月十八日写信告诉澄温沅季四位乡居的弟弟："予亦有思常见者数人，如……何子贞……是也。"十一月十七日，又写信告诉四位弟弟："何子敬近待我甚好，常彼此作诗唱和。盖因其兄钦佩我诗，且谈字最相合，故子敬也改容加礼。子贞现临隶字，每日临七八叶，今年已千叶矣；近又考订《汉书》之讹，每日手不释卷。"十二月二十日再次告之四个老弟："现在朋友愈多。讲躬行心得者，则有镜海先生……；穷经知道者，则有吴子序……；讲诗、文、字而艺通于道者，则有何子贞；才气奔放，则有汤海秋；英气逼人，志大神静，则有黄子寿。"

道光二十三年正月十七日，致四位弟弟的信再次活现他们融洽的程度："近得何子贞意见极相合，偶谈一二句，两人相视而笑。"真是心有灵犀一点通。

道光二十四年七月二十日告诉父母："湖南今年考差，仅何子贞得差，馀皆未放。"

道光二十五年七月十六日又告诉父母："何子贞脚痛已久，恐仓卒难好。"

何氏的言行、学养、升迁乃至病痛无一不牵挂着曾氏及曾氏全家的心，可见何氏在曾氏心中的地位和曾氏对何氏的情感。

二、"莫言书画直小道"与"烦君一挥清我室"

何氏曾请曾氏为画题诗。

顾南雅画了一幅梅花，本写赠张渊父，何子

临摹"太上皇帝之宝"

临摹"八徵耄念之宝"

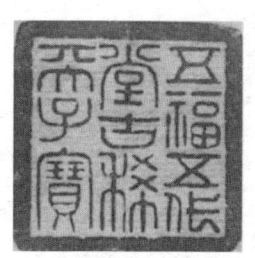

临摹"五福五代堂古稀天子宝"

贞从张处乞得。何氏得到这画如获至宝，于是请曾氏为这幅梅花图题一首诗。何对曾的诗是比较称道的。

曾国藩真的为何题诗一首，这在曾的日记中有记载，在他的诗文里也能找着《题顾南雅先生画梅应何子贞》这首诗，其中有"我闻绘画通草隶，此语自古谁云诬？""莫道书画直小道，不到圣处宁堪娱？"等句，道出了书画的渊源和真谛，何氏非常满意。

曾氏也曾请何氏写寿屏。

这在曾国藩的日记和家书中都有记载。那是他祖父七十正生，本打算在戏园设寿筵，有朋友劝止，而改为作寿屏。曾氏在道光二十二年十二月二十日的家信中说："明年正月恭逢祖大人七十大寿，京城以进十为正庆。予本拟在戏园设寿筵，窦兰泉及艮峰先生劝止之，故不复张筵。盖京城张筵唱戏，名为庆寿，实则打把戏。兰泉之劝止，正以此故。现作寿屏两架。"

接着详细介绍了两架寿屏谁撰文，谁写字，用什么纸写成，共几幅，字写得如何，能否寄回等情况。"一架淳化笺四大幅，系何子贞撰文并书，字有茶碗口大。一架冷金笺八小幅，系吴子序撰文，予自书。淳化笺系内府用纸，纸厚如钱，光彩耀目，寻常琉璃厂无有也。昨日偶有之，因买四张。子贞字甚古雅，惜太大，万不能寄回。奈何奈何！"

可惜何氏书写的那寿屏没能寄回荷叶老家，留在了北京城。

还有一个曾氏向何氏索字的故事。

曾氏仰慕何氏的字，于是用纸向何氏索字，时间过去一年多了，何氏仍未兑现，也许是何氏已经淡忘，也许是何氏还没有拿得出手的东西。曾氏当然非常想早日见到这墨宝，怎么办呢？直接去催又显得粗俗不礼貌，奈何？何氏不是很欣赏我的诗吗？曾氏想，何不赋诗一首，来个以诗催书。

看曾氏的诗如何写来：

赠何子贞前辈

以纸索子贞作字，久不见偿，诗速之也。

九嶷山水天下清，中有彦者何子贞。
……
去年一诺今未偿，旧迹已陈谁复记。
世间万事须眼前，须臾变态如云烟。
烦君一挥清我室，驱逐毒热无烦煎。
高堂巨壁蛟龙走，鄙夫白昼欹枕眠。

诗虽然很长，但"去年一诺今未偿"与"烦君一挥清我室"二句却道出了作者写作此诗的本意。这就是古代文人之间诗书唱酬的套路。

三、"真知大源"与"必传千古"

曾氏与何氏经常在一起讨论书法，交流书法心得。

最精彩的一次是他们两人纵论书法乾坤的故事，记载在曾氏道光二十二年九月十八日的家书中：

2008年3月，和北大著名国学教授张辛先生合影

"何子贞与予讲字极相合，谓我'真知大源，断不可暴弃'。我尝谓天下万事万理皆出于乾坤二卦。即以作字论之：纯以神行，大气鼓荡，脉络周通，潜心内转，此乾道也；结构精巧，向背有法，修短合度，此坤道也。凡乾以神气言，凡坤以形质言。礼乐不可斯须去身，即此道也。乐本于乾，礼本于坤。作字而优游自得真力弥满者，即乐之意也；丝丝入扣转折合法，即礼之意也。偶与子贞言及此，子贞深以为然，谓渠生平得力，尽于此矣。"

我们仿佛可看到，他们当时那种时而侃侃，时而滔滔的神会场面。他们从书法谈到乾坤，从乾坤谈到礼乐，从礼乐谈到艺与道。这次"高峰论坛"是何等的惬意，何等的机缘，何等的默契，真令人羡慕。这只有对书法有长久的思索后才会产生的思想火花，也只有对书法琢磨探究到极深处时才会有的现象。何氏也以自己的人生印证了曾氏的宏论。

这里，何氏给曾氏一种"真知大源"的评价，一种"断不可暴弃"的叮嘱，认为曾氏懂得书法的大道和本源，希望不要随意放弃。曾氏确实没有忘记何氏"断不可暴弃"的嘱咐。不管是镇压太平天国的戎马生涯，还是封疆大吏的日理万机，书法，虽然成了曾氏的余事，却一直与他相依相伴，一起经受人生的历练，曾氏从未放弃对书法的追求。书法与大自然和人类社会的道是相通的，对自然和社会认识越高，对书法艺术的认识就越高。曾氏通古博今，学养高深，加之练达老成，何氏对曾氏"真知大源"的评价，的确是客观中肯的。这就是所谓世事洞明皆学问，人情练达即文章。"真知大源，断不可暴弃"这句话，一直鼓励和影响着曾氏后来的人生。由于曾氏对书法有如此高的认识和执着的追求，最终，曾氏也随何氏一起走进了晚清大书家的行列，其墨迹越来越为后人所宝。

曾氏向四位弟弟介绍何氏五个方面的过人之处："盖子贞之学长于五事：一曰《仪礼》精，二曰《汉书》熟，三曰《说文》精，四曰各体诗好，五曰字好。"并对何氏五长各作了评说："此五者，渠意皆欲有所传于后。以余观之，前三者余不甚精，不知浅深究意何如？若字，则必传千古无疑矣。诗亦远出时人之上，不能卓然成家。"

何氏认为自己五个方面都要传于后人，曾氏以不知深浅，委婉地否定了前三个方面的可能性，后以何氏之诗虽出时人之上然不能卓然成家为由，其实也在肯定中否定了，中却以不可置疑的语气果敢判断："若字，则必传千古无疑矣"。后来，历史也证明，何氏的其他方面逐渐被后人淡忘了，最后确实是人以书传，成为晚清的书法巨擘。

2008年3月，在岳阳赠送"饮且寿康"书法作品给双峰县委原老书记刘树堂夫妇（中）

曾何二人的书法和友谊一直延续到他们生命的尽头。咸丰三年，何氏因条陈时务，被斥为"肆意妄言"，降官调职，曾氏曾为何氏伸去友谊之手。

曾氏去世后，噩耗传来，何氏为痛失这位早逝的知已写了一副深情的挽联：

武乡淡泊，汾阳朴忠，洎于公，元辅奇勋，旗常特炳二千载；

班马史裁，苏黄诗事，怜忆我，词垣凯谊，风雨深谈四十年。

从上联可以看出，何氏客观地评价了曾氏的一生，同时也真实地道出了他俩之间的不解情缘。

2008年春节于无为斋

再读王憨山

——憨山逝世六周年祭并谈"憨体"书法

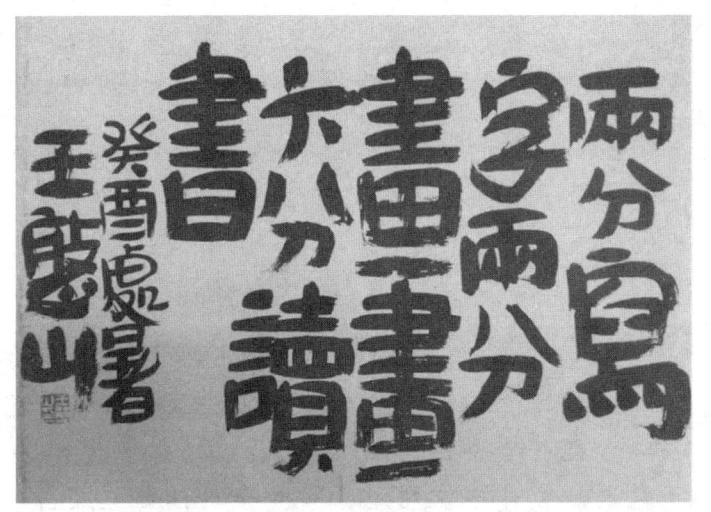

王憨山离开我们整整六周年了,很想写点纪念他的文字,写点什么呢?

王憨山的画,以它丰富的内涵和诗、书、画高度和谐统一的"大、重、拙"风格,赢得了他在当代大写意花鸟画坛上的大师地位。他提出的"两分写字,两分画画,六分读书"的主张,越来越被人认同和践行。关于王憨山的诗、画的研究已经不少了。然而,对他把与画画摆在同等重要地位的写字,似乎被人淡忘,对他的"憨体"(我认为可称为憨体)书法的评介却很少见到。记得当

年曾有人提出"他的书法不要进京展出"。认为他的字横扫直刷,像用油画笔写的,

在王憨山画展上留影

缺乏使转法度,太粗犷。基于此,我觉得有写点这方面的必要。

王憨山的书法与他的绘画一样,是很有法度、很有个性、很有特色,自成一体的高品格艺术。他的字,点画饱满、厚重,用笔扎实稳健,笔笔不苟,法度谨严,线条精整中见活泼,凝重中见流动,力能扛鼎,形成了丰腴浑厚、方拙有力的笔画特征。结体端庄、稳重、大气,从奇险处求平稳,从童趣中求稚拙,讲究字内的笔画安排,努力寻找空间对比效果,初看团团坨坨,细看点画分明,个个字就像座座山。而在章法处理上知黑守白,但留白较少,整幅作品黑面的总和往往超过白面的总和。字与字,行与行之间有密不透风之感,将密不容针的书理推向了极致,

与中国书法院创作部主任、博士陈海良先生在一起

具有很强的视觉冲击力和震撼效果。

他的字就如他的人品,率真无邪,憨厚大气。虽横扫直刷,却天趣盎然,回味无穷,就像他外表木讷,内却文心灿烂。

王憨山的书法为我们当今浮躁的书坛,怎样入古出新指明了一个方向,走出了一条道路,提供了一个范例,值得我们年轻的书友们认真研习。

王憨山的字渊源深远。他在《我的艺术道路》中谦虚地说:"我写字学得乱,开始学赵、颜、柳,有那么一点味了,但自己又不满意,转学魏碑、李斯篆、钟鼎、石鼓、龙门十二品等,写了很久,后来又学《爨宝子》《好大王》,最后才学金冬心。"从这里可看出他的学书轨迹,从唐入手,上溯周秦汉,旁习魏晋,然后归宿于清金农。说是学得乱,实为广研博取,食古求化,推陈出新。

他对书法是下过苦功的。他曾说:"写字仅次于读书,不会写字,画画也无从谈起。"他小的时候就在父亲的蒙馆里练"童子功"。一是每天必读的子曰诗云,二是临一张楷书字帖。此后一生浸淫于碑帖之中,到去世时还在篆百寿图。在他的艺术研究《图录卷》书法部分里,我清楚地看到他对金农的《销寒集诗序册》第一〇五通的临习作品。由此可见,他是确实把写字放在画画同等的地位了。

王憨山的画的成功得益于他的读书和书法的成功。大画家徐青藤说:

与中国书法院副院长、博士杨涛先生在课间合影

在湘潭齐白石纪念馆和浙江安吉吴昌硕纪念馆参观

"吾书第一，诗次之，文次之，画又次之。"他把写字放在第一位，他的这一观点对后世影响很大，常被后人师法。李苦禅大师也说："我画鹰嘴是写出来的，一定要用书法来写。"王憨山画里的线条和画上题识，这样百看不厌，完全得益于他的书法功力。一幅好画如果没有好的书法作题识，就像某人身着漂亮西装头戴破帽那样别扭，好的画也会大打折扣。现在学画的人认为画家就是画画，书法是书法家的事，这就完全错了。

王憨山的书法在他的绘画里占有很重要位置，并得到了淋漓尽致的发挥。如"春风吹出太平歌"一画，画中只有一簇竹叶，仅占画幅的三分之一，而三分之二的画幅却用来题诗："一竿寒绿影婆娑，雪后萧萧近水坡，倘遇伶伦制为笛，春风吹出太平歌。"又如"诛鼠篇"则只用十分之一的篇幅画一只猫咬住一只老鼠，其余则把一篇诛鼠的檄文题在画上。再如："打鸟莫打三春鸟"则只用五十分之一的篇幅在画的右下角画二只麻雀，其余用大幅的题词来讲述自己六十年前发生的一个恶作剧的故事。而有的画上的题识却十分简练，只题"憨

在浙江杭州黄宾虹纪念馆与其塑像合影

山""憨山造"或"憨山一挥"等字样。可以这样说，王憨山的书法和他的绘画已完全融为一体，画即书，书即画，分开不得。

他的书法实践体式多种多样。从形式上看，有手札、横幅、中堂、斗方、对联、条屏、扇面、册页等等。从书体上看，他写过大篆、小篆、隶书、章草、行书、楷书，最后从金农出，以隶楷留名于世。他的画上题识各种书体都有，而以隶楷最与画相得益彰。

当他的书法还不被时人所认同时，他曾说过一段这样的话："金冬心生前，写灯笼字都没人要，因为他的漆书（写字用刷字），很不受人欢迎，但他书读得好，我喜欢。"他的这段话好像是一种回答：我和冬心的字都是有内涵的读书人的文人字，不是那干瘪乏韵的书匠们的生意字。

海岳曾以书学博士召对，问本朝以书名世者凡数人，海岳各以其人对，曰："蔡京不得笔，蔡卞得笔而乏逸韵，蔡襄勒字，沈辽排字，黄庭坚描字，苏轼画字。"上复问："卿书如何？"对曰："臣书刷字。"王憨山

夫人陈翼翼在桂林留影

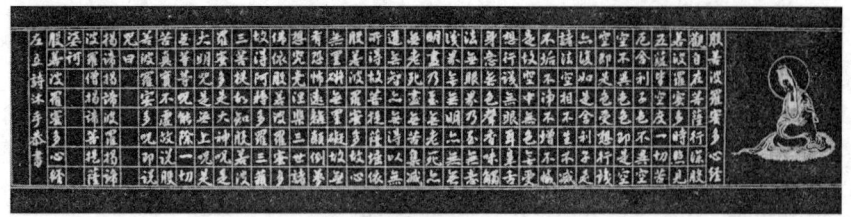

的字就像米芾的"刷字"、金农的"漆书"一样，均属有个性、有特色的字，可比肩而行。历代书家认为：能入古出新，有个性、有特色，自成一体，就是成功的字。有人不解其中味，所以有再读王憨山的必要。

憨山是座艺术宝库，需要我们从各个方面去发掘和光大。

2005年冬于篱下

字乐？自乐！

有一种文字，确实值得玩味。

它是最古老和使用时间最长的文字，大约有六千多年了；它是使用人口最多的文字，大概有13亿人口至今仍在使用；它是独一无二的集音、形、义于一身的文字，具有特殊的形体魅力；它信息量大，能编码，又成了世界上阅读速度和输入速度最快的文字；它还是最易识读的文字，只要能掌握他的形旁和声部，就能理解它的大概意义。世界上也曾有过一些有价值的文字，但都在历史长河中消亡了，只有它历尽沧桑，青春永驻，不仅没有被其他文字取代，反而越发显示出无限生机，特别是与计算机结合后，更是如虎添翼。

它，就是世界文字的奇葩——汉字，最赋神奇和趣味。

相同字根的不同组合，就会产生出不同的字，如"心"和"亡",左右组合成一个"忙"字,上下结合成一个"忘"字,像古老的魔方,又像新奇的积木。如用"火"字,可玩出"火""炎""焱""燚"四个不同的字,且意义相关,又各不相同。

四声组合而成韵律,于是有了我们的唐诗宋词的优美声调,这是世界上其他文字望尘莫及的。特有的二维结构,便有了"方块字"的别称,这就注定了他的形象美——堂堂正正,这也是汉字的品格。数量多,大概有十万个之多,但你只要掌握一千五百个常用字,就可阅读一般的读物,若能掌握三到四千个,那就能得心应手运用自如了。通过巧妙的排列组合,就会产生无数的诗词歌赋、戏曲散文,让你有读不尽的美文;通过不同的书写形态,就会产生篆、隶、楷、行、草等各种书法作品,让你有赏不完的艺术。

它曾为世界文明做出过伟大的贡献,是越

南、朝鲜、韩国、日本等国的母语，现在我们偶尔还能在他们的文字中见到汉字，这是他们对母亲的依恋。采用拼音注音后，学习汉语越来越易，学习的人越来越多，它为传承文明在世界上发挥越来越大的作用。

它是中国劳动人民智慧的结晶，仓颉就是其中的优秀代表。所以，又被称为中国的第五大发明，是中华民族的瑰宝，我们终生的良师益友和精神家园。

其实，写汉字更是一乐，书法更是汉字的一奇。

文房四宝就是黑与白，圆与方，硬与软的矛盾体。而书写的过程就是利用这些矛盾，遵循着知黑守白、智圆行方、软硬兼施等法则，去制造矛盾和解决矛盾的过程。点画、结体、章法这是书法人最感兴趣的，不仅有什么"结字因时相传，用笔千古不易"，什么"一点乃一字之规，一字乃终篇之准"，什么"结构者，谋略也"，什么"大开大合，气韵贯通"等永远聊不完的话题，也不仅有铺纸濡墨落纸挥毫的沉着痛快，单看那墨汁在宣纸上慢慢地宣化——一个书法新生命的诞生——就有无穷的乐趣。

特别是躲进小楼成一统，管他春夏与秋冬，你可以放胆恣肆，什么都可以写，什么都可以不写，尽情享受一个属于你的世界，如果在外受了委屈或压抑，这是理想的发泄天堂，使你的心灵得到慰藉，心绪得到整理，又有一个好心情。

人人能写字，不一定人人能把字写好，

和中国书协理事、评审委员会委员、湖南省书协常务副主席陈羲明先生合影

和中国书协理事、学术委员会秘书长、中国文联书法艺术中心主任刘恒先生合影

就像"书法是写字，但写字不一定是书法"一样。所以，世界上最易的事莫过于写字，最难的事也莫过于写字。写字不只是学写字，其实还可学做人，因为在写字的过程中，你会悟出很多处事做人的哲理。既有字中之乐，还有字外之乐。

前年底，我居住的社区一位姓谭的朋友请我为他儿子写结婚对联，红红的对联喜气洋洋地为他迎进了一位漂亮儿媳妇。年后，我去散步，走到那对联前，便驻足看起来，发现横批换了，但对联还在，我琢磨这是咋回事呢？看横批内容是结婚用的，难道这单元又有一对新人结婚了？那，对联怎么不换呢？想了想，觉得奇怪，一问，朋友告诉说：是这样，年后楼上又有一对结婚的，看你写的对联字好，就跟我商量，说他讨媳妇也想用那副对联，问我行不？我说，你喜欢就行；他想，毕竟又是一对新人，就把横批换了，对联就留用你的啦。我听完，哈哈大笑，一副对联迎进两位新娘，也算新鲜事，真呀——真高兴！

这点爱好真好，争做一个好人，写几个好字，也是人生一大乐事。所以，我把写字当作自娱自乐的一种形式。字乐而自乐，自乐而众乐，岂不快哉！

2009年2月22日于二未斋

试谈"毛体"话"风流"

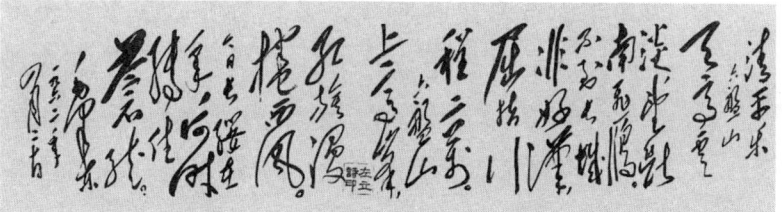

　　毛泽东一生以"破坏一个旧世界，建设一个新世界"为己任。但，在传统文化上却继承和发扬了两样东西——一是诗词，一是书法。他的书法曾有不同的评价，有的说"中国的新书法由毛泽东开创"；有的说他的书法"看不懂"。其实，毛泽东的书法艺术博大精深，需要我们认真研读。

笔挟风涛起豪气，春风雷霆皆润之

　　毛泽东的一生是波澜壮阔的一生。不管是在创建中国共产党，发动秋收起义，建立井冈山革命根据地的革命初创时期，还是在二万五千里长征与遵义会议拨乱反正取得革命领导权的转折时期；不管是在艰苦卓绝十四年抗战的危急关头，还是在惊天动地三年解放战争的胜利时期；不管是在挥师入京缔造新中国的关键时期，还是在和平建设的繁忙时期……他都运用诗词和书法抒发革命豪情，动员和凝聚革命力量，鼓舞和激励人民前进。

综观毛泽东的书法，可分为三个阶段。第一阶段——青年时代，多为楷书，写得工整有法度，如他写的屈平的《离骚经》，很有唐楷功力，可见他的书法修养和天赋。第二阶段——1921年至1949年，革命战争年代，多为行书，字形略长带倾斜，笔画似投枪像匕首，很见个性，可感受那个年代的革命激情和刀光剑影。如1942年4月，他给《八路军军政杂志》创刊三周年的题词"准备反攻"4个大字，结体左低右高，点画如长枪大戟，飞动纵逸，若战士充满战斗豪情，反映了中国人民同仇敌忾，誓与日寇决战到底的大无畏精神。第三阶段——新中国成立以后，铸剑为犁，时间稍为宽裕，所作多为草书，属艺术创作巅峰时期，达到了炉火纯青人书俱老的艺术境界。他手书的自作诗词《七律·长征》《沁园春·长沙》以及"为人民服务""向雷锋同志学习"等题词，可说是千古绝唱，无与伦比。

毛泽东认为"今朝"我们应该造就真正的"风流人物"。历史上所谓"英雄"，不是"略输文采"就是"稍逊风骚"，总之，都少了点文化。诗和书法这是中国文化的根本和象征，他虽是职业革命家，诗书虽是他的余事，但，他从小就注重这方面的修养，诗书伴随他整个人生，并成了他革命最重要也最有力的武器。所以，1959年，毛泽东在济南跟舒同自豪地说:"我用文房四宝打败了国民党的四大家族。"

他多彩的革命实践给他的书法增添了丰富的内涵,并赋予了别样的豪情和浪漫,所以,他的书法,就像狂澜撼天,动人心魄,又像春风化雨,润人心田。

孙子羲之两相修,翰墨磨成剑气词

毛泽东的书法艺术渊源深厚。我们从他的书信中看到,他曾要秘书田家英"将已存各种草书字帖清出给我,包括若干拓本(王羲之等)、于右任千字文及草诀歌",并要田家英"向故宫博物院负责人一询,可否借阅那里的各种草书手迹若干,如可,应开具单据,以便按件清还"。这就是说,他要对传统书法特别是草书进行全面的研习。据他身边工作人员回忆:他一生读过的碑帖难以计数,延安时期便一直将法帖带在身边,出国时,也以《三希堂法帖》自随,新中国成立后二十多年间,毛泽东用稿酬置碑帖达600多种,其中看过的有400多种,"二王"帖和孙过庭、怀素的草书帖,则是时常披阅。显然,"二王"、孙过庭、怀素成了他的书法源头,由于取法高古,没有传统文化的人,看不懂他的书法确实也在情理之中。

毛泽东一生酷爱书法。在长沙一师读书期间,他对学书法有

在兰州"黄河母亲"雕像前留影

句口头禅："字要写得好，就要起得早；字要写得美，就要勤磨练；刻苦自励，穷而后工，……学字要有帖，帖中要发挥。"可见他对书法体会很深。在井冈山时，一个学员提出柳条烧成炭可以写字，毛泽东说："敌人越封锁，我们的办法就越多。看，同志们用木炭、树枝当笔，在地上、石板上、沙滩上写字，这种笔墨纸张是用不完的。"他能在艰难困苦的条件下创造条件鼓励大家一起学书法。在延安时，有这样一个小故事，一位青年作家在战争废墟中拾得几本名著及《三希堂法帖》，并把它带到了延安。素有"长征才子"之称的朱光便引他去见毛泽东。毛对这位远道而来的客人一见如故，热情款待，青年作家感动不已，便将自己辛辛苦苦背到延安的"宝贝"拿出来，欲赠毛泽东。毛喜出望外，不料一旁的朱光眼疾手快，一把将书夺了过去："见人分一半！""谁说的？……"两人互不相让。青年作家连忙调停，最后还是秋色各占。毛泽东得到心爱的《三希堂法帖》，也十分高兴。由此可见他对书法的酷爱程度。

毛泽东常把书法作兵法，将兵法作书法。他的字，点画变化无穷，不可端倪，就像他带兵打仗，指挥若定，用兵如神，在他的书法作品里，几乎找不到相同的笔画和字形，可以说笔笔创新，字字新结，如"四渡赤水"，奇谋不一。但，点画、结字非常严谨，都从法书中来，对不合规矩的字，他都会圈出重写。所以，他的书法虽然风格独特，然总不离法度，就像他的诗词，无人可匹，但依然严守平仄对仗，让人无懈可击。

毛泽东对章法布局，可谓运筹帷幄，决胜千里。他追求雄奇淡远、浑穆飘逸的气象，但又在字里行间充满着矛盾法则和人文关怀。字与字，大小错落，随势赋形，有时像公孙相携，顾盼有情，有时像鸡婆带崽，互相呼应。行与

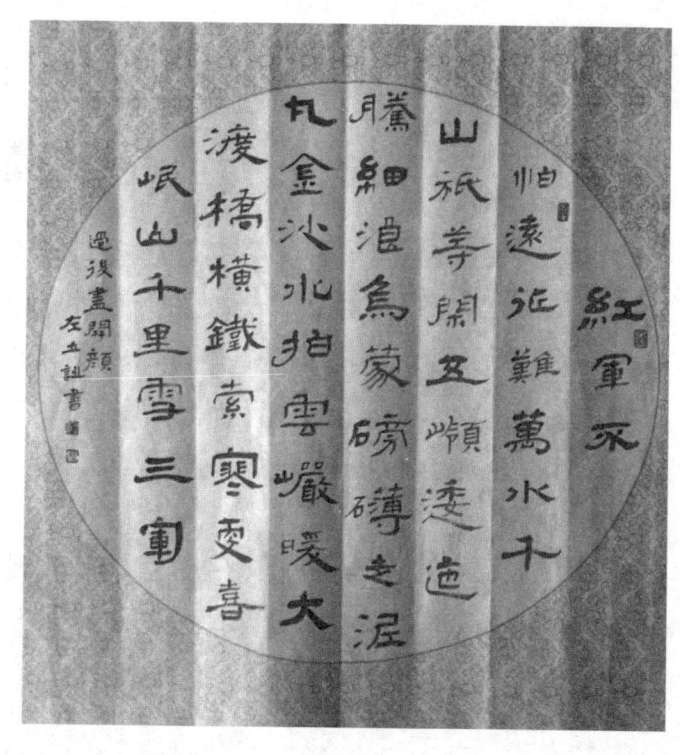

行，疏密有致，虚实相生，有时一个字占一行甚至几行，如阵前将军，有时几个字却只占很少的位置，如兵勇列队、阵后杂役，然都各得其所。有板桥"乱石铺街"的意象，但格调更高。毛泽东崇尚的是那种自然参差的原生态的自然大美。有些人不懂这个，所以看不懂。他的书法看似不衫不履，然浑然天成，只要你看懂了，会将你带到一个极有魅力的意境中去，将你置身于一个强大的神秘的艺术空间，使你感到无比的愉快和欢乐，你会产生一种剑胆琴心的力量。

二十世纪一丰碑，试谈毛体话风流

细心的人会发现毛泽东的书法作品有几个特点：一、他的书法大都为小字小幅作品；二、落款名字往往另起一行，顶天立地；三、他不用干支纪年；四、不钤印盖章，等等。当然，这些自有他的原由：毛笔有笔锋、笔腹、笔根之分，书法家各有各的用笔习惯，而善用笔锋者最宜写小字，毛泽东可谓用笔锋的大家，选择写小字和小幅作品是发挥所长，所以不管他是写在信纸上、信封上，还是写在宣纸上都很潇洒，因为小字作品更为精妙绝伦,更有把玩情趣,我们常说办大事的人讲究"大处着眼小处落笔",这正合毛泽东的伟人气质;署名方式这是由毛泽东的博大胸怀和伟大担当精神决定的,浩荡乾坤任沉浮,万里江山我为主;干支纪年法是旧的纪年法,本来就不科学,毛泽东用科学的公元纪年,是与国际接轨;他的字风格特立独行,虽不用印但谁都知道这是他的字,何必多此一举呢?当然,这些既体现了他的书法个性和艺术风格,更体现了他的艺术价值。

毛泽东博览颖悟、熔古铸今,用书法实践了他自己的艺术主张——"古为今用,推陈出新"。他的书法从古代艺术殿堂中走来,又从时代风雨中走来,形成了笔惊风雷、落纸云烟、独特奔放,又深沉内敛、含蓄婀娜、潇洒飘逸的雄纳天地、韵续古今的书法风格。他把传统书法的精华和强烈的时代气息与他鲜明的个性完美结合起来,铸就了二十世纪一座书法艺术的丰碑。

毛泽东的书法艺术,我们只有目极心追,才能得其旨趣,进入它的艺术世界——海纳百川的伟大胸襟,豪迈奔放的博大气势,超凡脱俗的理想情怀,高远飘逸的美妙境界。因为,真正的艺术具有丰富的内涵,需要仔细品味,才能逐渐心领神会。

我们似乎可以说,毛泽东

无论是在政治上、军事上，还是思想上，都在创造人类历史上一幅最杰出的艺术作品，这幅作品就像他的书法。他的政治思想、军事思想、文化思想等通过书法的形式得到了完美的表达。我们可以通过他的书法加深对毛泽东思想的理解，也可以用毛泽东思想去解读他的书法。

他的书法以他独特的个性和风格，被世人尊称为"毛体"，今天，成了我们学习的法帖。

伟大的政治家、军事家、思想家毛泽东，完全可以不是书法家，丝毫不会影响他的历史地位。但正因为，他又是伟大的书法家，这样，使他的形象才更加伟大，更加光辉，更加丰满。他，才是当代真正的"风流人物"。

2012年2月19日于诗吟墨象工作室

士子归来 天下归心
——试说邓小平与曾国藩做的同一件事

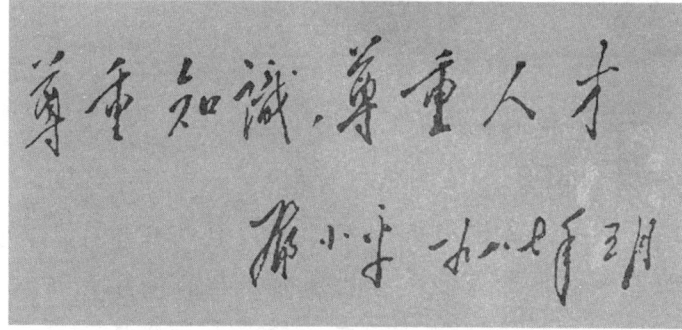

邓小平和曾国藩虽相隔近百年,却做了一件相同的事。但,很少有人提及,所以,故事还得从头说起。

1864年6月16日,一声巨响,洪秀全苦心经营12年之久的太平天国都城天京,终于被曾国藩领导的湘军主将曾国荃攻破。此时,天京城内一片废墟,到处充满血腥,人们惊魂未定。然而,远在安庆的一个人却给天京城内寄来了一封信:"十一月举行江南乡试。"这个人就是曾国藩,他要求弟弟曾国荃攻破天京后,迅速做好三件事,其中一件就是修复好贡院,准备十一月举行江南乡试。

太平天国虽然被镇压了,但人们对此评说不

今天的江南贡院

一,有的认为它维护的是一个腐朽没落的朝廷,是开历史倒车;有的则认为他是帮助满人杀汉人,是吃里扒外。曾国藩深知:必须抓住士子的心,维护社会稳定,使老百姓过上安定的日子,这样,才能消除人们对他的各种不同看法,确认他是一位真正的"中兴名臣"。

当年,汹涌澎湃的太平天国农民起义,如火如荼地向他的家乡和全国蔓延。他打的旗帜就是维护孔孟之道,得到了广大读书人的支持而赢得了胜利。今天,应该为读书人做点什么呢?想想自己的科举与仕途,他决定第一件事就是恢复停止了三届的江南乡试。

要恢复江南乡试,谈何容易。首先必须修复贡院。贡院是清朝维护封建统治秩序的象征,洪秀全曾多次落第,对腐败的科举制度早就恨之入骨,因此,太平天国对贡院损毁特别严重。江南贡院原来规模就小,现在必须扩大规模才行,短短三四个月,就要开考,人力物力维艰,怎么办呢?曾国荃只好又拿出攻打天京的精神,一方面动用湘军人力;另一方面紧急从周围各省购置材料,一切确保如期完工。经过100多天的奋斗,曾国荃不负厚望,他写信告诉曾国藩"贡院九月可以毕工"，曾国藩在回曾国荃的信中说："大慰大慰。"

于是，两江人士闻风鼓舞，流亡旋归，商贾开始云集，秦淮河又渐渐恢复往昔的繁华。

十一月，江南贡院考试如期举行，初四日，主考进城，初六日，主考进贡院，初八日，考生入闱，人数达一万三千多，有父子结伴的，有祖孙三代一起来的。因战乱耽误了10多年，对于惜时如金的读书人来说，这次考试非常宝贵——他们等得太久了。虽雨雪纷纷，应试者在闱中"寒苦异常"，也还算"清吉平安"——曾国藩告诉他乡下的弟弟们。

写榜，是一种崇高的荣誉，须翰林出身又德高望重的人。当然，今科乡试写榜人非曾国藩莫属，不仅完全符合写榜人的条件，特别是他为恢复这久违的科考，劳苦功高，受到众人的爱戴和推崇，具有特殊的意义，曾国藩也就当仁不让。

12月14日，曾国藩的日记是这样写的："黎明即入贡院写榜。正榜二百七十三人，副榜四十八人。自辰正填写起，至傍夕将正榜写毕。解元江璧，江都人。戌初写副榜，至亥初三刻写毕。余随榜出闱。"

曾国藩对"科考"的恢复，特别对士子的归来十分得意，他说：闱墨极佳，有书卷，有作意，

江南贡院闱场

和县委常委、常务副县长、书协主席邹学耀先生在长沙展厅

无一卷为庸手所能者，为三十年来所未有，主考副主考亦极得意，士子欢欣传颂。曾国藩收到了他想要的效果。

100年后，一场"浩劫"席卷大江南北，当然不是农民起义，而是长达10年之久的"文化大革命"。内乱使国民经济到了崩溃的边缘，类似于"科考"的"高考"也废弛10年了。

1976年毛泽东去世，1977年邓小平复出，一个新的时代开始了。邓小平主动请缨当教育科技的"后勤部长"，请来了包括周培源、童第周、苏步青在内的40多位教育科技界专家和官员在人民大会堂畅谈教育。根据大家反映的四个现代化建设急需人才和我国人才匮乏的严重情况，会议到最后，邓小平深谋远虑地果断表态：今年要恢复"高考"。

态是表了，但落实起来却不那么顺利。曾国藩恢复科考的难点是快速在战争废墟上建好贡院，而邓小平恢复高考的难处是在极"左"思想的钳制

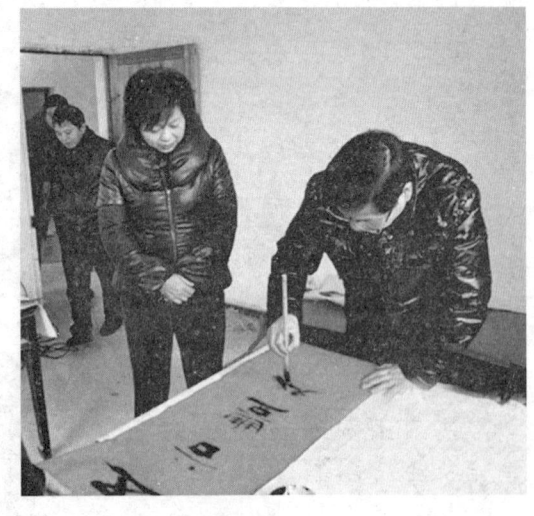

县委常委、宣传部部长彭云辉女士带队送春联下乡

下实现思想上的"拨乱反正"。

1977年8月13日至9月25日,高等学校招生会在北京召开。这是新中国成立以后时间最长的一次招生会,会期45天。由于"左"的思想还束缚着许多人的头脑,因此,会议争论十分激烈。

争论的主要问题是:第一,是"从有实践经验的工人农民中间选拔学生",还是像"文革"前那样招收应届高中毕业生?第二,考试曾被说成是"智育第一""分数挂帅""对贫下中农专政",还是可以恢复考试?第三,政治审查是唯成分论,还是看本人政治表现?第四,招生中贯彻阶级路线还是贯彻择优录取政策?

对于上述问题,主持会议的教育部原主要领导人总也不表态,致使会期一延再延。

对国家的前途命运和四个现代化建设早就忧心如焚,坚持解放思想实事求是,对恢复高考早就酝酿于胸的邓小平,实在耐不住了,不得不发了脾气,他警告教育部"不要成为阻力"。最终确定"招生主要抓两条:第一是本人表现好,第二是择优录取"。文件规定:凡是工人、农民、上山下乡和回城知识青年、复员军人和应届毕业生,符合条件均可报考。恢复高考招生制度的消息不胫而走,一下子搅动了中国年轻人的心。

一位学生回忆:"当时听到说要恢复高考了。我一下子就惊呆

2014年6月,和中国书法院院长管峻先生在结业展厅

和中国作协副主席、湖南省文联主席谭谈合影

了,眼泪一涌而出。我跟同学反反复复地说一句话:这下有希望了!当时那种情况,好比走在黑夜里,四面全是黑的,什么东西都看不见,恢复高考这个消息,就像前头突然出现了光明。"

全国人民尤其是"文革"以来被严重耽误了前程的青年,得到极大鼓舞,他们要找回失落在运动和批斗,失落在农场和田野,失落在工厂和军营的青春,踊跃到所在地区或单位报名,要求参加早应参加的高考。

1977年冬天,在邓小平亲自过问和布置下,关闭十年之久的高考大门终于重新打开。这也是恢复高考以来,唯一一次在冬天举行的考试,570万考生走进了考场,如果加上1978年夏季的考生,共有1160万人。迄今为止,这是世界考试史上人数最多的一次。

对于执行了几十年计划经济,资源严重匮乏的中国来说,如何解决考生的试卷纸张,竟然成了一个叫人头疼的大问题。问题最终反映到邓小平那里,他当机立断,决定将印刷《毛泽东选集》第五卷的计划暂时搁置,调配相关纸张,先行印刷考生试卷。

当时的考题其实并不太难,一个现在的合格中学生都可以轻松地考个好成绩。但是,对于当时中国青年来说,他们的手上,过早被镰刀和大锤磨满了老茧,考卷对他们似乎是一种非常陌生

和"德艺双馨"书法家、娄底市书法研究会老会长魏华政先生在作品前合影

的事物。但他们身上有着一股巨大的潜能，一旦条件成熟，就会像火山一样喷发出来。

果然，这批大学生后来成了全国各行各业的骨干乃至国家的栋梁。邓小平以此为契机，把中国带入了一个全面振兴的新时代，他也因此被誉为改革开放的"总设计师"。

邓小平在百废待兴的历史关键时刻，顺应潮流，尊重民意，抓住"人才"这个根本，以一个"考"字来拨乱反正。赢得了天下读书人的心，也就赢得了全国人民的心。一个"考"字，确实具有无穷的力量，既改变了学子们的命运，也改变了主考者们的命运，同时，也改变了国家的命运。

（谨以此文纪念恢复高考制度四十周年！）

曾国藩的书论、书法及其他

曾国藩（1811—1872），字涤生，湖南省湘乡（今双峰县）人，中国传统文化的最后一个集大成者。他因对晚清历史进程所起的特殊作用，而被誉为"中兴名臣"。由于他对后世政治、军事、经济、文化等方面的巨大影响，曾国藩研究热一再兴起。然而，专门从书法角度来研究的很少，其实，曾国藩的书法实践和理论十分丰富和精彩。

一、书法教育观

1. 学书须识门径，三十写定规模

曾国藩认为学书者须识书法门径。咸丰九年三月，他从抚州寄信，专给儿子纪泽指示书法门径：

赵文敏集古今之大成，于初唐四家内师虞永兴，而参以钟绍京，因此以上窥二王，下法山谷，此一径也；于中唐师李北海，而参以颜鲁公、徐季海之沉着，此一径也；于晚唐师苏灵芝，此又一径也。由虞永兴以溯二王及晋六朝诸贤，世所称南派者也；由李北海以溯欧、褚及魏北齐诸贤，世所称北派者也。

南派以神韵胜，北派以魄力胜。宋四家，苏、黄近于南派，米、蔡近于北派。

尔从赵法入门，将来或趋南派，或趋北派，皆可不迷于所往。

咸丰九年七月，他在祁门再次写信叮嘱纪泽：

欧、虞、颜、柳四大家是

和中国书法家协会理事、隶书委员会副主任、中国人民革命军事博物馆书画研究院副院长张继老师在中国书协培训中心合影

诗家之李、杜、韩、苏,天地之日、星、江、河也。尔有志学书,须窥寻四人门径,至嘱至嘱。

曾国藩又认为须于三十岁前写定规模。咸丰九年四月初八,曾氏在日记中写道:

日内颇好写字,而年老手钝,毫无长进,故知此事于三十岁前写定规模。自三十岁以后只能下一熟字功夫,熟极则巧妙出焉。

三十岁前,心灵手巧,是学书、临摹碑帖的黄金年华。

2. 临、摹——习书的不二法门

曾国藩认为学习书法主要是学用笔和结体,而这二者只能从临摹碑帖中学得,没有捷径可走。他这样分析:

大抵写字只有用笔、结体两端。学用笔,须多看古人墨迹;学结体,须用油纸摹古帖。此二者,皆决不可易之理。

指示纪泽:

尔以后当从间架用一番苦功,每日用油纸摹帖,或百字或二百字,不过数月,间架与古人逼肖而不自觉。

曾氏多次写信指导纪泽进行临摹:

家中有柳书《玄秘塔》《琅邪碑》《西平碑》各种,尔可取《琅邪碑》日临百字摹百字。

单日以生纸临之,双日以油纸摹之。

临以求其神气,摹以仿其间架。

临帖宜徐,摹帖宜疾。

临摹应有所选择,不能四体并习,应发挥其

长，以求一工。鼓励纪泽：

尔字姿于草书尤相宜，以后专习真草二种，篆隶置之可也。四体并习，恐将来不能一工。

临摹还应讲究方法。曾氏在日记中记载：

拜徐柳臣前辈，柳臣言作字如学射，当使活劲，不可使拙劲；颜柳之书，被石工凿坏，皆蠢而无礼，不可误学。名言也。

要善于看出那些被石工凿蠢了的笔画，即"透过刀法看笔法"。

临摹是否成功，曾氏认为有一个最简单的办法来检验，就是贴于壁上观之。他告诉澄弟：

写成之后，贴于壁上观之，则妍媸自见矣。

3.作字须讲笔锋和换笔之法：

咸丰八年十二月，曾国藩在建昌写信给纪泽讲笔锋之道：

写字之中锋者，用笔尖着纸，古人谓之'蹲锋'，如狮蹲虎蹲犬蹲之象。偏锋者，用笔毫之腹着纸，不倒于左，则倒于右；当将倒未倒之际，一提笔则成蹲锋。是用偏锋者，亦有中锋时也。

所谓中锋，就是行笔时笔锋运行在笔画的中间，偏锋，则指笔锋运行时偏向笔画的一侧。中锋和偏锋不是不变的，在书写的过程中是经常互换的。

咸丰九年八月，又从黄州写信给纪泽，再讲换笔之法：

尔问作字换笔之法，凡转折之处，……必须换笔，不待言矣。至并无转折形迹换笔者，如以

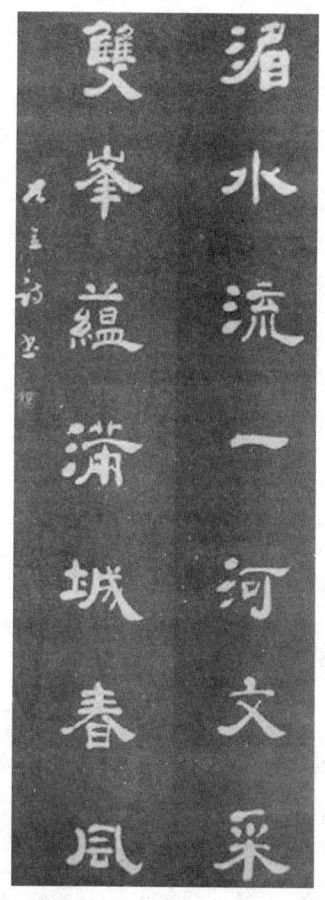

37

和中书协教育委员会委员、山东艺术学院于明诠教授合影

一横言之，须有三换笔；以一直言之，须有两换笔；……

凡用笔须略带欹斜之势，如本斜向左，一换笔则向右矣；本斜向右，一换笔则向左矣。举一反三，尔自悟取可也。

此处，不仅讲解精到细致，而且画有示意图（引用时略），使之一目了然。凡有明显转折处，必须换笔，此不待言。就是没有转折的一点一画，都有起笔、行笔和收笔三个过程。

曾氏也曾教九弟换笔之法：

古人每笔中间必有一换，如绳索然，第一股在上，一换则第二股在上，再换则第三股在上也。笔尖之着纸者仅少许耳，此少许者，吾当作四方铁笔用。起处东方在左，西方在右，一换则东方向右矣。笔尖无所谓方也，我心中常觉其方，一换而东，再换而北，三换而西，则笔尖四面有锋，不仅一面相向矣。

用"绳索"和"四方铁笔"作比，把抽象的换笔之法讲得形象、生动、具体。

4. 执笔宜高，墨要神光活色

咸丰八年十月二十五日，曾国藩在给纪泽的信中说：

尔所临隶书《孔宙碑》，笔太拘束，不甚松活，想系执笔太近毫之故，以后须执于管顶。

咸丰九年二月初三日，时隔100天，曾氏写信给纪泽的三个叔叔，再次明确提出握笔宜高：

大约握笔宜高，能握至笔顶者为上，握至笔

顶之下寸许者次之，握之毫以上寸许者亦尚可，习得好字出；若握近毫根，则虽写好，亦不久必退，且断不能写好字。吾验之于己身，验之于朋友，皆历历可证。纪泽以后宜握管略高，纵低亦须隔毫寸余。

曾氏认为执笔太低一则拘束，写字呆板、不松活；二则写字吃力、速度慢；三则即使习得好字，不久必退。这都是经验之谈。

曾氏对用墨也有精彩的论述。

他曾表扬纪泽："《玄教碑》墨气甚好，可喜可喜。"并告诉纪泽："凡作字，墨色要光润。"接着又叮嘱纪鸿："墨宜浓厚，此嘱。"并说：

古来书家，无不善使墨者，能令一种神光活色浮于纸上，固由临池之勤，染翰之多所致，亦缘于墨之新旧浓淡，用笔之轻重疾徐，皆有精意运乎其间，故能使光气常新也。

由此可见曾氏对笔墨之道研究至深。

5. 在"有恒"二字上痛下功夫，向"又快又好"的目标努力

曾国藩教育纪泽：

至于写字……，切不可间断一日。

他在给儿子安排的课业上也强调每日临习百字。

曾氏认为学书必须用困知勉行工夫，他说：

数月之后，手愈拙，字愈丑，意兴愈低，所谓"困"也。困时切莫间断，熬过此关，便可少进；再进再困，再熬再奋，

与中国书协理事、草书委员会委员王厚祥老师合影

自有亨通精进之日。

教纪泽："随尔选择一家，但不可见异思迁。"并用比喻说：

用功譬若掘井，与其多掘数井，而皆不及泉，何若老守一井，力求及泉而用之不竭乎？

并进一步发挥说：

不特习字，凡事皆有极困极难之时，打得通的，便是好汉。

曾氏还认为"有恒"必须是痛苦并快乐着。他分析须有一种趣味和生机在其中，"恒"乃可历久不衰。于是，他告诫儿子们：

望尔等于少壮时，即从有恒二字痛下功夫，然须有情韵趣味，养得生机盎然，乃可历久不衰。若拘苦被困，则不能真有恒也。

曾氏对写字的要求是"既要求好，又要求快"。若写得又好又快：

将来以之为学则手钞群书，以之为政则案无留牍，无穷受用，……。

二、书法鉴赏与书法追求

1. 貌异神异乃为大家

我们如何去鉴赏书法呢？

曾国藩告诉我们："先认其貌，后观其神，久之自能分别蹊径"，此其一。

其二，字的点画体势不能不察。"点如珠，画如玉，体如鹰，势如龙，四者缺一不可，体者一字之结构也；势者数字数行之机势也"。

其三，阳刚、阴柔二美不能不辨。字"亦分

阳刚之美，阴柔之美两端，偏于阳者取势宜峻迈，偏于阴者下笔宜和缓"。

其四，"险""和"二字缺一不可。"作字之法，险字和字二者缺一不可"，"有着力而取险劲之势，有不着力而得自然之味"。

其五，鉴赏不能道听途说，随口附和：

"今人动指，某人学某家，大抵都道听途说、扣槃扪烛之类，不足信也"，"君子贵乎自知，不必随众口附和也"，"凡言兼众长者，皆一无所长者也"。

总之，他认为：

凡大家名作，必有一种面貌，一种神态，与他人迥不相同。譬之书家，羲、献、欧、虞、褚、李、颜、柳，一点一画，其面貌既截然不同，其神气亦全无似处。本朝张得天、何义门虽称书家，而未能尽变古人之貌，故必不如刘石庵之貌异神异，乃可推为大家。

曾国藩与大书家何绍基纵论书法乾坤的故事更是把书法鉴赏提到了一个新高度，道光二十二年九月十八日，曾氏给四位老弟的信中，有如此记载：

何子贞与予讲字极相合，谓我"真知大源，断不可暴弃"。予尝谓天下万事万理，皆出于乾坤二卦。即以作字论之：能以神行，大气鼓荡，脉络周通，潜心内转，此乾道也；结构精巧，向背有法，修短合度，此坤道也。凡乾以神气言，凡坤以形质言。

礼乐不可斯须去身，即此道也。乐本于乾，

和中国书协理事、刻字艺术委员会评委、中国书法院常务副院长李胜洪先生合影

礼本于坤。作字而优游自得真力弥满者,即乐之意也;丝丝入扣,转折合法,即礼之意也。偶与子贞言及此,子贞深以为然,谓渠生平得力尽于此矣。

若曾氏对书法没有大彻大悟,绝不会有如此绝论,也不会得到被曾氏预言"必传千古"的大书家何绍基的如此肯定。

2. 将柳、赵合为一炉,吾之夙愿

曾氏回忆说:

吾自三十岁时,已解古人用笔之意……,

四十八岁以后,习李北海《麓山寺碑》,略有进境。

生平欲将柳诚悬、赵子昂两家合为一炉……,有志莫遂。

他谦虚地认为他的书法还没有达到应该达到的高度。

虽然,他不能和朋友何绍基一样以"书法"留名于世,做到"人以书传",但是,他的事功的显赫却远在何氏书名之上,同时,也冲淡了他自己的书名。最终,曾氏以他的事功留名于世,他的治学、治军、治家,包括他的诗、文、书法也随之留于后人,所以只能"书以人传"。

晚年,他对自己的书法也颇为自负:"作字……,而近年亦略有入处",他说:

余早年于作字一道,亦尝苦思力索,终无所成,近日朝朝摹写,久不间断,遂觉月异而岁不同。可见年无分老少,事无分难易,但行之有恒,自如种树养畜,日见其大而不觉耳。

2007年9月,登上峨眉山金顶

42

他的书法确实具有了自己的风格。

三、书法特色及成就

曾氏书法并非一蹴而就，而是伴随他的一生，经过曲折的人生历练。

我们从《曾文正公手写日记》影印本看到他早年的日记，时而行书，时而楷书，时而笔法苍劲有力，时而信笔挥毫，不甚着意，说明这时期的曾氏年事尚轻，性情未稳，生活心境难免随外界际遇而升沉。48岁时再写日记，至死未断，此时才维持行书字体，而且大小规整，格式一致，这也象征他的思想和性格的成熟，受外界的干扰和动摇较少了，他此后的小字行书日记真是精美绝伦，神采飞扬，点画姿态呈千种气象，结构错落具万种风情，如行云流水，潇洒自然，令人百看不厌，达到了人书俱老的境界。

曾氏的字有几个显著特色：一是字的笔画转折处，促膝曲肘，棱角分明，森然有峥嵘气象，凛然不可侵犯。二是他写的撇，如长枪大戟，铁骨铮铮，正气恢宏，势走千里。三是他的行书小字大都用露锋，风神潇洒，英姿飒爽，美轮美奂；而大字题赠大都用藏锋，沉着狠辣，浑厚昂藏，镇之若鼎。

曾氏的字，有一股倔强气充盈其间，厚重沉雄，不威自威。这与他鲜明的个性是分不开的。曾氏曾说：

至于倔强二字却不可少。功业文章，皆须有此二字贯注其中，否则柔靡不能成一事。

2016年夏参观西泠印社、中国印学博物馆

和中国书法家协会原主席张海（右）、
原副主席兼秘书长陈洪武（中）在一起

曾氏书法有如此高的成就，缘于他对书法的独特感悟与修炼：

每日可仍临帖一百字，将浮躁处大加收敛。心以收敛而细，气以收敛而静，于字也有益，于身于家皆有益。

大抵作字或作古文，胸中须有一段奇气盘结于中，而达之笔墨者却遇抑掩蔽，不令过露，乃为深重，若存丝毫求知见好之心则真气漓泄，无足观矣。不特技艺为然，即道德、事功，亦须将求之心洗涤净尽，乃有介处。

不特写字为然，凡天下庶事百技，皆先立规模，后求精熟，即人之所以为圣人，亦系先立规模，后求精熟。

原来，曾氏把习字不只当作习字，而是当作是修身、齐家、治国、平天下和立言、立德、立功、当圣人的必修课。

由于一辈子的勤修苦练，曾国藩终于走进了清代大书家的行列，而且越来越被世人所重。

2006年夏于无为斋

出色的家庭团队——曾国藩兄弟

历史上曾涌现出不少出色的家庭团队，他们在历史上起着不可低估的作用，如清朝末年的何绍基兄弟、曾国藩兄弟、李鸿章兄弟等等，犹半个朝廷。特别是曾氏兄弟与太平天国的那场惊心动魄的搏斗，令人难以忘怀。

一、从何而来 干什么去

曾国藩家族，始祖在山东，后从江西迁湖南湘乡大界（今双峰县荷叶镇）天子坪。"曾氏自明代以来，世业农，积善孝友，而不显于世"。元吉公"家业始宏"，星冈公"少耽游惰"后"立起自强"，在地方始有名望，父亲竹亭公曾麟书应童试17次始补生

浮来楼谭筑 >>>

和省书协主席鄢福初（中）在井字镇首届农民书画展上

员，在家乡设"利见斋"课子授徒为业，以孝闻乡里。曾麟书曾撰一联，命曾国藩书挂厅堂："有子孙，有田园，家风半耕半读，但以箕裘承祖泽；无官守，无言责，世事不闻不问，且将艰巨付儿曹。"反映了他们当时的情形。

自曾国藩出生后，接着曾国潢、曾国华、曾国荃、曾国葆在18年之内相继来到了荷叶天子坪的白玉堂。他们从这里起步，纷纷走上历史大舞台，上演了一场少见的兄弟历史剧，震惊朝野，并改变了中国历史的进程。

他们本在一个安静的农村自由地生活，一心只想通过读书博取功名，但一场波澜壮阔的太平天国农民革命，改变了他们兄弟的生活轨迹和命运。领导这场革命的领袖就是洪秀全等诸王。这场革命实质是一场农民阶级与地主阶级的革命，也是一场科举失败者与科举成功者的革命，后来演变成或者说具体表现为洪秀全诸王与曾国藩兄弟的一场革命。

曾国藩通过科举，从秀才、举人、进士到翰林院，然后到任主考官，10年京官，10次升迁，享受了科举带来的荣华富贵。而洪秀全3次京考都名落孙山，一场大病之后，彻底看清了清政府的腐败和科举文化的落后，清醒地认识到只有革命才有出路。于是揭竿而起，以洪秀全为首的诸王打着"拜上帝教"的旗号与曾国藩兄弟的"孔孟之道"进行了一场殊死搏斗。

历史把洪秀全和曾国藩推上了这场革命的主角。他们作为历史人物同时出现在人们的记忆里，提到洪秀全不能不提曾国藩，讲到曾国藩不能不讲洪秀全，可以这样说，是洪秀全成全了曾国藩，而曾国藩却坏了洪秀全的大事。有人说曾国藩兄弟就是上天安排的洪秀全诸王的克星，就是为消灭洪秀全诸王而来的。

二、共同的目标 不同的角色

维护地主阶级的既得利益和封建统治秩序是曾氏兄弟的共同目标。在实现这个目标的过程中，他们扮演着各自不同的角色。

曾国藩（1811—1872）是五兄弟中的老大，也是这个团队的核心和灵魂、旗帜和统帅。他在兄弟中书读得最好，出道最早，地位也最高，兄弟们都把他当作学习的榜样。曾国藩的诗联文章奏折，当时都是一流的，是中国封建文化的集大成者，被誉为封建社会的最后一个大儒，有理学名臣之称。曾国荃的许多奏折都是请曾国藩代拟代奏，诗联文章也多有其兄代劳之处。曾国藩书生带兵，强于将将，能在战略上控制全局，能在思想上控制全军。他设定的军队的规制、纪律，最利于战斗力的发挥。他写的那些《得胜歌》《爱民歌》朗朗上口，易懂易记，不仅能统一全军的思想和行动，还能赢得老百姓的拥护。曾国藩少年得志，36岁就官至四品大员，湖南历史上少见，后步步高升直到封侯拜相，官至两江总督，一等毅勇侯，汉族领班大臣，被清朝誉为"勋高柱石"，可谓一人之下，万人之上。

曾国潢（1820—1886），曾氏兄弟中唯一没有治兵从政的人，是曾氏家族的总管，可谓出色的后勤部长。他在家不仅要赡养父母，还要负责家庭的建设与发展，不仅要照顾好兄弟们的妻小，还要负责兄弟子女们的教育培养，不仅要统筹整个家庭的经济开销，还要负责烦琐的乡党应酬。他主持家政，任劳任怨，于亲则孝，于弟则友，于子则慈，于友则仁。这样，不仅使这个大家庭不断得到巩固和发展，更重要的是他为其他四兄弟提供了一个稳定的后方，使他们无后顾之忧，一心一意在外带兵从政。因此，曾国藩对他赞赏慰勉有加："近而乡党，远而县城省城，皆靠澄弟一人与人相酬酢"，"弟于家庭骨肉之间劳心劳力已历三十余年，今年力渐老，亦宜自知爱惜保养，不可过劳也"，并赠联以示表彰："俭以养廉，誉洽乡党；直而能忍，庆流子孙"。曾国潢生前赐四品的中宪大夫，殁后，诰授通议大夫，驰封建威将军。

曾国华（1821—1858），曾氏兄弟团队中镇压太平天国的急先锋。曾国藩被困南昌数月，音信全无，生死未卜。在这种万分危急的情况下，他亲提兵勇5000人直赴江西，解南昌之围，救曾国藩于水火，深得曾国藩赏识。后屡建战功，但，不幸在三河镇一役中战死。赏骑都世职，谥"愍烈"，入祭京师昭忠祠，国史馆立传，加赠资政大夫。

曾国荃（1824—1890），与兄曾国藩办团练，建吉字营，是曾氏兄弟团队中的中坚。因攻破太平天国都城天京，而立下天下第一奇功。曾国荃是五兄弟中的第二号人物，天资最高，性格最倔强，书法最佳。曾国藩曾对儿子说："我兄弟五人，于字皆下苦功，沅叔天分尤高。"同时，在事业上也是曾国藩最器重最倚重最得力的人物。"自安庆以至金陵，沿江六百里大小城隍皆沅弟所攻取，余之幸得大名高爵，皆沅弟之所赠也"，曾国藩给澄弟的信是这么说，给沅弟的信也如是说："从古有大勋劳者，不过本身得一爵耳，弟则本身既挣一爵，又赠送阿兄一爵。弟之赠送之礼，人或忽而不察，弟或谦而不居，而余深知之。"曾国藩在给儿子的信中也说："余借人之力以窃上赏，寸

2009年5月，在王铎故居前留影

2007年6月18日，在韩国首尔国会大厦雕塑前留影

心不安之至。"当然，曾国荃后来也和兄曾国藩一样，官至两江总督，封一等伯爵，加太子太保衔，谥"忠襄"，追赠太傅，入祀昭忠、贤良祠，并于湖南、江宁建专祠，立功省份准一并建祠，生平政绩事实，宣付史馆立传。

曾国葆（1828—1862），镇压太平天国的又一急先锋。初随兄办团练，后兵败归家。闻曾国华战死三河，重上战场，为兄报仇，与曾国荃会攻金陵，进入雨花台，逢瘟疫爆发，虽染病在身，仍带病作战，病死于雨花台营次。追赠内阁学士，谥"靖毅"，建专祠。

他们兄弟形成没有分工的分工，共同的目标把他们紧紧连在一起，有统帅有将领，有中坚有先锋，有前线有后方。有的耳聪目明运筹帷幄可直达朝廷，有的攻坚克难像铁桶一样能死战城池，有的能以命千里施救解危难于水火，有的一呼百应善招兵买马，有的会乡党应酬经营家族于一方。该出山时迅速出山，该隐蔽时随机隐蔽，该赴死时慷慨赴死。他们并没有谁安排谁，而是视事而为，视势而动，是一种高度的心灵默契，是一种与生俱来的手足协调，是一种相依为命的血脉律动，这种团队注定要成大事。

三、互励成伟业 患难见真情

曾氏兄弟五人，都有功名，都被皇封，这在历史上是少有的。这与他们从小就互相砥砺，以求共进是分不开的。

曾国藩10岁时，大弟国潢出生，竹亭公笑

谓曰："汝今有弟矣！"以"兄弟怡怡"为题命作文，文成，竹亭公看后大喜，曰："文中有至性语，必能以孝友承其家矣。"14岁，欧阳凝祉先生以"共登青云梯"命为作诗，诗成，欧阳先生览而称曰："是固金华殿中人语也！"因以女许焉。16岁应长沙府试，取前列第七名，24岁中第36名举人，28岁中第38名进士，入翰林院。"毅然有效法前贤，澄清天下之志"，于是改名国藩。

2015年1月，和湖南省美协主席、湖南师大美术学院院长、博导朱训德先生合影

曾国藩作为兄长，先考取功名，4位弟弟的培养重担自然落在了他的肩上。先在家课弟，后考入翰林院，又带弟弟分别入都随学，亲自授课。弟弟不在身边，则为其选好教师，拟订课程，选定书目，制订作息时间，以督弟弟学业。弟弟们则不时寄习字、作文、诗稿去京，以求批改。曾国藩不厌其烦地悉心指导，适时予以指正、鼓励，循循善诱，使弟弟们受益匪浅。这些在他的家书和日记中都有记载。

他们兄弟从小就互相砥砺。道光二十八年，曾国荃曾在致伯

为双峰文塔书曾国藩八本家训

2007年11月，与著名书法家、国展评委张锡良先生合影

兄温兄的信中向两位哥哥进言："两兄识力过人，固将期至于世之圣贤豪杰也。然弟尚有进献焉，望垂听之弗拒。献于大兄者有二言：曰诚曰直。诚则近自家庭，远及民物，无不感乎；直则人皆曲谅其衷，而生严惮之心。献于六兄者亦有二言：曰敬曰顺。……愿两兄时时以弟言留意，而更进于大焉。"早在咸丰二年曾国荃就建议曾国藩广交天下贤人："然弟窃祝老兄虚衷乐善，以来天下之贤人，而又留心体察，将来储为朝廷之用。称职在此，报效在此，尽心也在此。兄向来懒于回人信息，不审近日何如？若复如此，弟觉此亦是毛病。"咸丰十一年再向曾国藩提出"方今之世，无钱不算穷，无人可用乃是真穷，祈兄刻刻留心，广为储蓄。所求不必其全，但闻其一节之可用，则取其一节"。曾国藩于是广纳人才，成了当时天下第一幕府。曾国藩能成如此大业，不能说没有受益于弟弟的建议。

当然，大部分时候还是曾国藩训诫弟弟的多。曾国藩在四川任主考，得到一笔程仪二千两，也是他平生发的第一笔大财，马上寄一千两银子回家，说六百为家中完债零用，四百为馈赠戚族用。温弟沅弟认为家中困难，一千两还要分四百两出去，不高兴。给曾国藩回信有"区区千金"四字，曾国藩为此写了一封一万多字的长信，对弟弟好好教育了一番。曾国藩说："家中之债，今虽不还，后尚可还。赠人之举,今若不为,后必悔之。"因为需要感恩的亲人有的已相继去世了,到时,欲赠不能。又说:"惟骨肉之情愈挚,则望之愈殷;望之愈殷,则责之愈切。"希望弟弟能理解他。

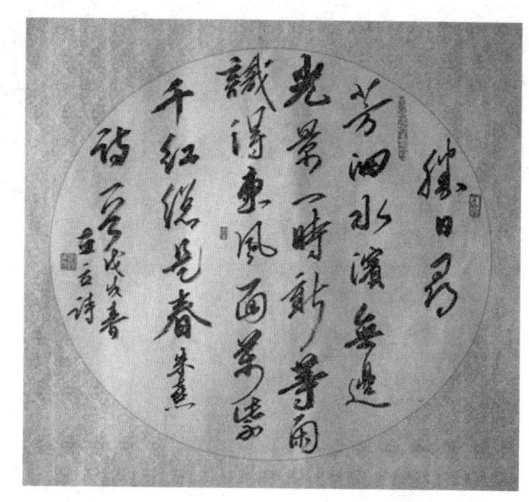

他们有时互相也危词苦语。同治元年六月,正是合围天京的关键时期,曾国荃写了一封长信向曾国藩发牢骚:"渡江两月以来,所接兄信告诫之词甚多,而体谅之情究少。"曾国荃与别人闹矛盾,曾国藩往往批评别人的少,指摘弟弟的多。曾国荃很不服气,向哥哥叫屈,指出:"兄乃理学名臣,约束弟辈,不要贻他人指摘之口实,……凡摘吾短者,兄与之交结如故,且有时而加浓,或为之笃信于目前,或为之扬名于身后。人与我难堪则略之,我与人偶有不顺则述其称屈。弟以为大儒而又出自门内,此论一定,所关终非细故。是不可以不辨。"并说:"吾愿此后待弟辈,寓诱掖奖劝于明责告诫之中,庶不至以无稽之人言,致启无状之反唇耳。"今天特

和"中国十大青年书法家"嵇小军先生合影

与兄"倾吐胸臆，聊当侍坐几席之一谈。俟克复金陵趋候座右时，再容我一诉世情何如？"似乎还有许多委屈没有诉完。

在最困窘的时候尤其能互勉互慰。同治三年四月，正是攻破南京的关键时刻，前有曾国葆带病战死于南京雨花台营次，今军饷又不能及时供给，特别是曾国荃因久劳患上肝病，夜不能寐，加之群疑众谤一起而来，令曾国藩与曾国荃两兄弟心力交瘁。此时此景，曾国荃不免牢骚又起，当然，又只能向其兄曾国藩发泄。曾国藩不仅没有和弟弟计较，而且为此专去一信对弟弟进行慰勉："弟军今年饷项之少为历年所无，余岂忍更有挑剔，况近来外侮纷至迭乘，余日夜战兢恐惧，若有大祸即临眉睫者。即兄弟同心御侮，尚恐众推墙倒，岂肯微生芥蒂？又岂肯因弟词气稍憨藏诸胸臆？又岂肯受他人千言万怃遂不容胞弟片语乎？老弟千万放心，千万保重。此时之兄弟，实患难风波之兄弟，唯有互劝互勖互恭维而已。"曾国荃接到此信，精神一振，经过73天的浴血奋战，一鼓作气，终于攻破天京。

曾国荃立下了天下第一奇功，这年正是同治三年（1864），此时他刚41岁，年轻气傲，对朝廷赏封有不平之气。曾国藩熟知历史上既有"功成名就"者，也有"功成身亡"者。于是，写了13首七绝为他祝寿，既颂其"九载艰难下百城"之功，又戒其居功自傲。其中第10首是这样劝勉的："左列

和书法篆刻家张索先生合影

钟铭右谤书，人间随处有乘除。低头一拜屠羊说，万事浮云过太虚。"并替弟请求开缺回籍养病，赠"千秋邈矣独留我，百战归来再读书"一联，告诉他能在战争中留下来已很不容易了，鼓励他回家后好好读书学习。特别叮嘱"弟此时讲求奏议尚不为迟"，"目下用力于奏议文章，亦当稍存昔年拼命之意。不过一二年间，谕旨必屡催出山。一经履任治事，诸务冗杂，欲再专力于文章，则不能矣。"因为，正是曾国荃进学的关键时候，太平天国革命爆发，他不得不放下学业，去参与镇压太平天国的战争，现在战争已经结束，曾国藩要求弟弟迅速"补课"，以待朝廷重任。

他们互相重视其名誉和地位，以图共荣。兄弟一有遇难死者，都是挽联寄哀，祭文为悼，墓志铭世，把丧事办得风风光光，并向朝廷邀封，特别是为其整理著作出版流传于后世，实乃高明之举。所以，我们今天还能通过这些文字来研究他们。有的人追求现实的享受，他们兄弟追求的是身后的不朽。

家是小的国，国是大的家。曾国藩家庭团队成功的秘密，确实值得研究。

2012年3月11日于诗吟墨象工作室

孔子庙堂碑铭

一联吐衷心,二字须分明

——读左宗棠挽曾国藩联

同治十一年二月,江宁,曾国藩丧事正在办理。挽联悼词无数,然曾氏一家却嫌不够,不是数量不够,而是一个特别的人物的挽联没有到,使曾家上下忐忑不安。这个人物就是左季高(左宗棠),一个不按常规出牌的人,况且他与曾国藩的交情从来就是磕磕碰碰,大家也都私下议论纷纷。

说起左宗棠与曾国藩的关系,有些传闻倒使人们津津乐道。左喜欢和曾唱一些反调,即使他认为曾是对的,也要发出不同的声音,使曾常常不悦。有次,曾与左对坐,曾说:"季子自清高,与吾意见常相左。"左一看这是一上联,且把我左季高的名字嵌在里面,于是来个反唇相讥:"藩城当卫国,问你经济又何曾。"也把曾国藩的名字嵌入其中,你说我清高,我诘你何能?又有一次,曾国藩拜访左宗棠,看见左在给夫人洗脚,曾说:替如夫人洗脚。左知道曾

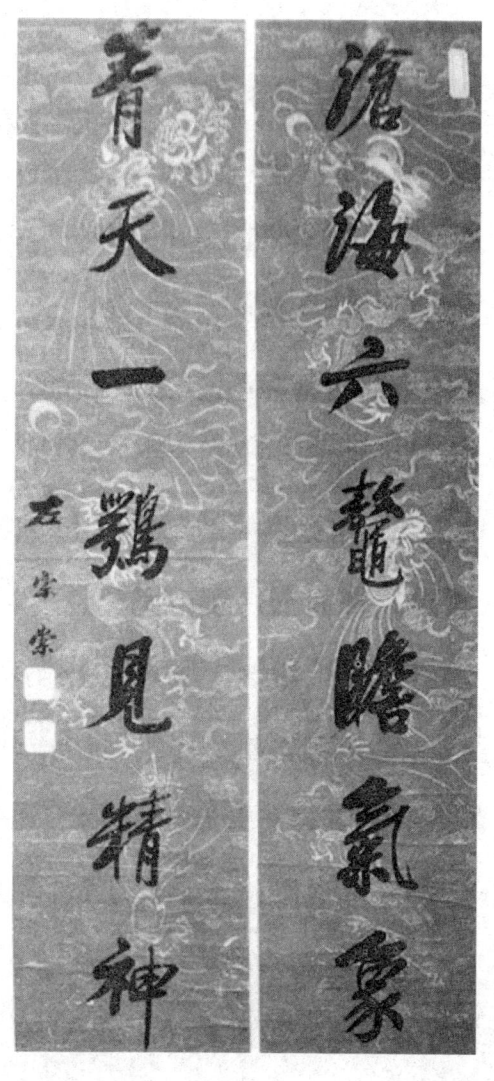

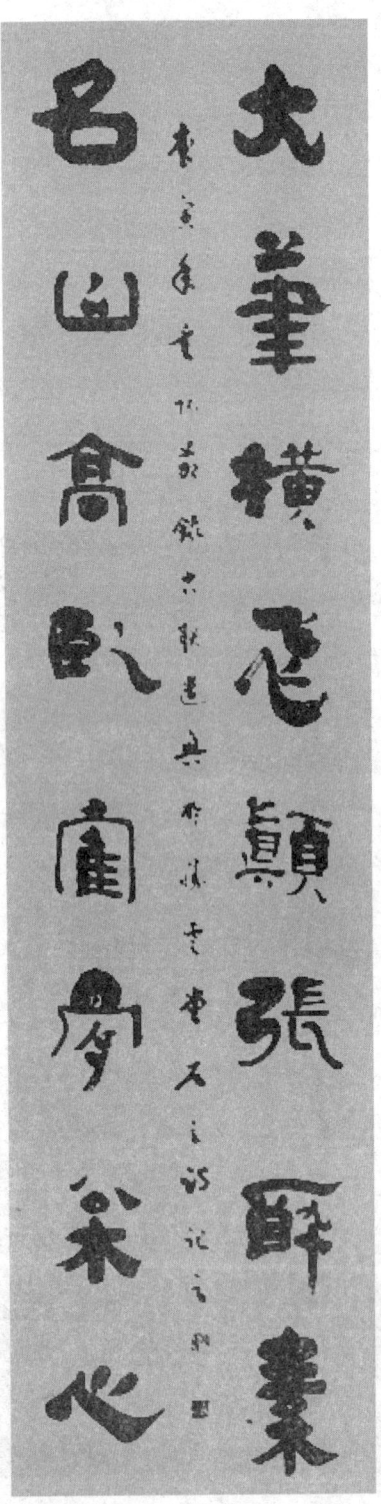

在嘲讽他，马上反戈一击回一个下联：赐同进士出身。一下刺到曾的痛处，曾自己觉得"同进士"是他的一个耻辱。总之，左不使曾赢一个面子。

现在，曾是大学士、两江总督、一等毅勇侯，左也已是封疆大吏，国之栋梁。曾死了，左又会如何对待这位有宿怨的朋友呢？若说盖棺定论，此时，左宗棠的话最有分量。大家的期盼不是没有道理。

在焦急等待中，左宗棠的对联终于来了，曾氏一家既高兴又惶恐。来是来了，来了又写些什么呢？如果是一副讽刺联怎么办呢？挂不挂呢？正在思酌之中，对联打开了：

谋国之忠，知人之明，自愧不如元辅；
同心若金，攻错若石，相期无负平生。

左宗棠最后对他的老朋友说出了自己的衷心话：论对国家的谋划与忠诚特别是在知人善用等方面，我非常惭愧不如你啦。但，我和你都有一颗金子般的报国之心，相互批评、取长补短就像琢磨石头一样不留情面，我们都没有辜负相互期许的今生友谊啊！心里有点纠结的曾国藩，此时九泉之下看到这副对联，也该释然和感到欣慰了。

且不论，左宗棠是以"晚辈"的身份敬献这副挽联的。当年曾国藩已是朝廷二品官员时，左宗棠仍在湖南乡下；当曾国藩组建、统领湘军之时，左宗棠却在湖南巡抚骆秉章幕府做师爷，即幕僚。那时两人的身份是悬殊的，但左宗棠坚持与曾国藩平辈论交，他给曾国藩的信里自署"愚弟"，说"依例应'晚'，惟念我生只后公一年，似未为'晚'，请仍从弟呼为是"。这次，左宗棠一反常态，终于给足了曾氏的面子。

曾氏全家长嘘一口气，一颗悬着的心终于放下了，马上把左宗棠的挽联高高地挂在最显眼的地方，顿时，丧场里荡漾着一片和谐喜悦的气氛。

今天，当人们再三咀嚼这副名联的时候，对左宗棠的对联艺术和他俩的真正友情无不赞叹，然有人对"元辅"二字费解。认为"元辅"是曾国藩的字，有的对联书里面也是这样注释的。其实错了，曾国藩不字"元辅"，而是字"伯涵"，号"涤生"。不过，曾国藩兄弟中有一人字"沅甫"（与"元辅"同音），那就是曾国荃（字沅甫，号叔纯）。那这副联是不是挽曾国荃的呢？肯定不是，左宗棠死于光绪十一年，曾国荃死于光绪十六年，

2014年4月，北京房山十渡太阳山写生

左宗棠比曾国荃早死五年,早死者挽后死者,当然是不可能的。

那又是怎么回事呢?原来,有些人在读联时没有深究,将"元辅"作"沅甫"了,因为读音完全相同,然后又来个弟冠哥戴,所以就误注了。其实,此"元辅"非彼"沅甫",它们音同义不同。

原来,"元辅"乃宰相,指辅佐皇帝而居大臣首位的人。左宗棠在这里是有意尊称曾国藩为他们的"领头羊"——领班大臣。所以,我们在欣赏这副名联的时候千万不能望"音"生义,更不能弟冠哥戴。对联知识也告诉我们,"元辅"与"平生"是对的,把"元辅"当"沅甫"反而不对了。

左宗棠的这副挽曾国藩的联与"包写挽联"的曾国藩的联相比毫不逊色,左宗棠和曾国藩可谓晚清历史上的双子星座,总是从各个方面发出他们的光芒,这则对联故事和他俩的名字将会一样流传,光照古今。

从获侍砚席到撰书墓志

——记曾昭燏与胡小石的师生情谊

曾昭燏（1909—1964），出生在湖南湘乡荷塘乡（今双峰县荷叶镇）"万宜堂"，曾国藩四弟曾国潢的长曾孙女。她1933年毕业于南京中央大学国文系，1935年去英国攻读考古学，1937年去德国攻读博物馆学，1938年在抗日烽火中回到祖国。新中国成立后，1950年任南京博物院副院长，1955年任院长。她曾任第二届全国政协委员，第三届全国人大代表，全国妇联委员，中国科学院考古研究所学术委员，江苏省文管会副主任，江苏省社联副主席，江苏省妇联副主席。今年，是这位女中豪杰的100年诞辰，我们在纪念她的时候，发现她与我国学术界一代宗师著名书法家胡小石不寻常的师生书法情谊。

1929年1月，曾昭燏考入南京中央大学国文系，成为胡小石的弟子，并从此建立起深厚的师生感情。

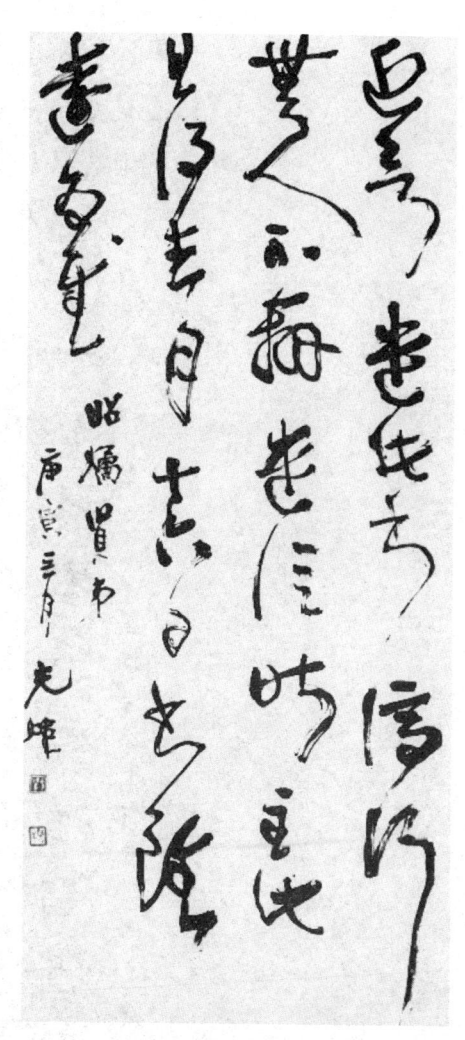

胡小石临王羲之初月帖赠弟子曾昭燏

四年中她有三年住在胡小石教授家，专攻文学及书法。关于这段师生情，她在《忆胡小石师》一文中是这样记述的："其时师在金陵南雍讲甲骨文及金文课，余往听讲，惊其引证之渊博，说理之致密，自是有课必往听，亦尝登门请益。师手写声韵表及说文双声字例，皆命余誊录一遍，余略知古文字声韵之学，皆师之教也。师讲中国文学史、楚辞、陶谢诗等课，不仅见解精辟，且深得神味，听者座无虚席。师所居在城北将军巷，为自筑小楼一所，号为愿夏庐。师自居二楼北室中，称北楼。一榻倚壁，前列几案，皆堆典籍，室中置大案，为师挥毫作书之所。"文中特别提到小石师教她学书法："教余书法，初学即命写钟鼎文，不令习法帖，恐开头便落圆熟陈套也。余每习书，师自后观之。耳提面命，如诲蒙童。"可看出小石师对她是既因材施教，又循循善诱；她既是他的学生，还成了他的编外助教。

从他们建立师生关系以后，就从未中断过通讯和往来，一直相扶相慰。"余于1935年有欧洲之游，始与师别，然犹时通消息。1939至1940年，余在滇，师亦由川至，相遇于昆明，甚喜。时余母亲丧，葬于昆明龙泉镇，师为书圹志，并亲吊于墓地。未几，余入川，居于南溪县之李庄，师不久亦返川，执教于白沙女子师范学院。虽同饮岷江水，而稀得相见，但师每有吟咏，辄以相寄。1942年，余曾诣白沙谒师，在师家居两宿。""1949年以来，余与师同任文物管委会事，过从甚密，1949至1950年，师率余等调查南京附近六朝陵墓。1950年冬，余发掘南唐烈祖及中主二人陵墓，师常来观看"。1957年，他们师生同为江苏省文管会正副主任。小石师平时"常来余处，身体健时，每星期必至，于指导学术研究、鉴定书画文物等工作，为之不遗余力"。曾昭燏还回忆请小石师为毛公鼎拓片题字等等，可谓亦师亦友亦同仁。

2009年5月，和程度老师合影于河南偃师张海艺术馆

在《胡小石先生墓志》里，曾昭燏详细介绍了她的恩师。先生曾任南京大学文学院院长，江苏省人大代表，南京市政协副主席，江苏省文物管理委员会主任，江苏省书法印章研究会主席，南京大学图书馆馆长，南京博物院顾问。计主讲席者，前后五十有三年，及门弟子不下数万。先生平生最致力者，一曰古文字之学，二曰书学，三曰楚辞之学，四曰中国文学史。在此，对他的书

学作了专门的评介:"先生从梅庵先生有年,书法从梅庵先生出而发扬变化之,兼契、篆、简、版、碑、帖之妙,得其神髓,故能独步一时。尝讲授中国书学史,于文字之初起,古文、大篆、籀书之分,篆、隶、八分之别,下至汉魏碑刻以及二王以降迄于近代之书家,其干源枝派,风格造诣,咸为剖析,探其幽奥,历来论书法,未有如此详备而湛深者也。近方以其讲稿著录成书,未毕而疾作。"从这里,使我们对胡小石书法的渊源、特色、成就甚或遗憾有了更深的了解。

曾昭燏的书法虽为学术成果所掩盖,但紧承师门,融碑帖为一体,骨力苍劲,气息深沉,神采奕奕,韵味无穷而成本家面貌。她虽然很不以为然,但却得到了小石师等大家的高度肯定和信任。从两件事可以看出。第一,为小石师整理书学遗稿。小石师病逝后,有一部未完稿的《中国书学史》遗稿,南京大学校长郭影秋建议此书由曾昭燏整理。整理遗稿绝非易事,不仅要有与作者相当的水平,了解作者的写作意图和目的,而且还要具有作者的写作风格,否则,不能担此大任。第二,为小石师撰书墓志。《南京大学教授胡小石先生墓志》上写着:受业门人湘乡曾昭燏拜撰并书。"拜撰并书",这是小石师的临终托付还是后人的推举呢?我们不得而知,不管怎样,这肯定是经过死者和活者深思熟虑的。因为,人们历来把盖棺定论看得很重。把这事交给她,既是对她的信赖,也是她的一种荣誉。从这两点可看出,她的责任感、人格魅力、书法水平以及她和小石师的学术关系、师生感情是被公认的。

2011年9月,参观甘肃敦煌莫高窟、月牙泉留影

临元唐棣《雪港捕鱼图》

曾昭燏是南京博物院原院长,我国著名女考古学家和博物馆学家,现代中国考古学和博物馆学的奠基人之一。某些方面已超过了老师的成就,但她对老师永远是那样的谦恭。在《胡小石先生墓志》的结尾,她这样写道:"昭燏受业于

先生之门，迄今三十有一年，其间获侍砚席，质疑问难者十余载，自愧菲材，未能承先生之学于百一。今者梁坏山颓，曷胜摧慕，想音容以仿佛，抚杖履而如存。爰志数言，勒此贞石。庶几千秋万岁，发潜德之幽光；秋菊春兰，寄哀思于泉壤。"她用小石师教给她的文笔，为之办完了最后一件事，也留下了描写师生情谊的最好华章。可惜，时隔二年，曾昭燏也随先生而去，年仅五十五岁，比老师少活了十九年。虽然，她的成就光大了师门并足以使她永垂不朽，但，英年早逝，不得不使我们为之痛惜。

他们这种教之有方、学之有成、学术相承、事业相继、生死相托的师生关系，不能不是我们为之学、为之师、为之人的典范。我们不必了解他们几十年师生友谊的更多细节，这一些已使我们唏嘘不已。

2009年7月13日于二未斋

<<< 从获侍砚席到撰书墓志

临《庐山高图》

浮車楼譚藝 >>>

山高人仰止

——参观张继老师《中国书画千字文》诗书画印展有感

和导师张继在一起

一

浩浩乎，黄河
巍巍乎，泰山
历史长河，群星璀璨
华夏九州，文明摇篮
大家辈出，薪火相传

诗书画印，文脉不断

二

谦谦君子，吾师张继
继往开来，鸿篇巨制
四言古诗，洋洋千字
一字不重，一韵贯底
从盘古开天，到当今盛世
万卷镕一句，千言炼一字
三绝韦编，玄钩要提
言约意丰，雅韵佳词
赢得
诗追国风，笔迈兴嗣

三

一人五体，形神俱美
一笔九貌，各臻其妙
篆籀古厚，佐隶正大
碑见雄浑，简出风高
草则鹰搏隼击
正则拔剑挥刀
众书之中隶更胜
书法自然归大道

四

为大师造像
为文化立传
穿越时空

觅尽经典

仪态万千风景独标

二百个人物像高山

他们创造奇迹

他们勇于挑战

他们是民族精神的脊梁

夺得了艺术的皇冠

为什么他们名垂青史

为什么他们栩栩灿烂

因为有人

敬仰他们的伟岸

五

朱文白文，鬼斧神工

气象万千，方寸之地

九叠又鸟虫

官印还私玺

将军或花押

印面与款识

技巧繁复游刃余

风韵万种有神力

三百印石齐点朱

形式众多不曾遗

百花篆刻园

一部印话史

点画藏大千

美石蕴太极

张继老师诗书画印四卷书影

六

何须星辰降瑞
不必河岳孕诞
胸中所养不凡
出手怎会一般
许与羲献齐德
相期钟繇比肩
时代铸就经典
行动代替呼唤
诗书画印相益彰
犹如明镜对西施
四融铸成集一身
举手投足法天地
挥毫操刀成四卷
巨制一出动京畿
声名已播海内外
且将皂白留青史
念昔挥毫日
舒卷忘寝食
穷尽造化理
独步傲当世
堪为百代则
山高人仰止

2015年4月9日于得车楼

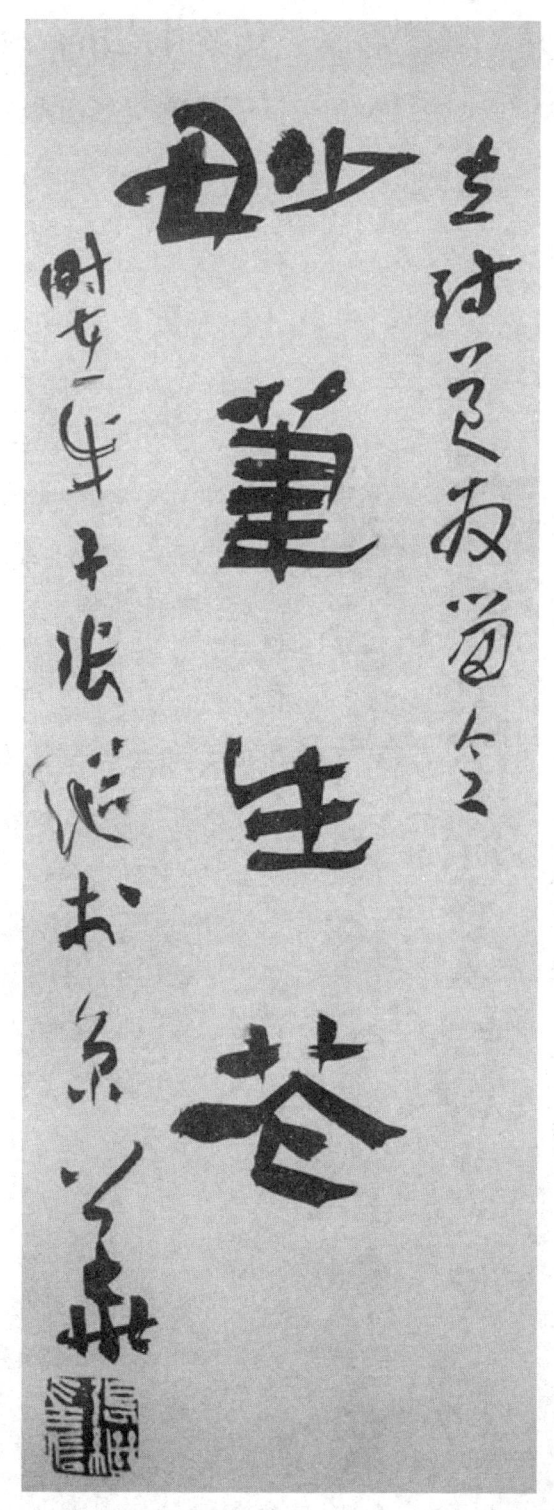

浮車楼谭艺 >>>

传统书法的一面旗帜
——贺曾老彩初先生九十华诞

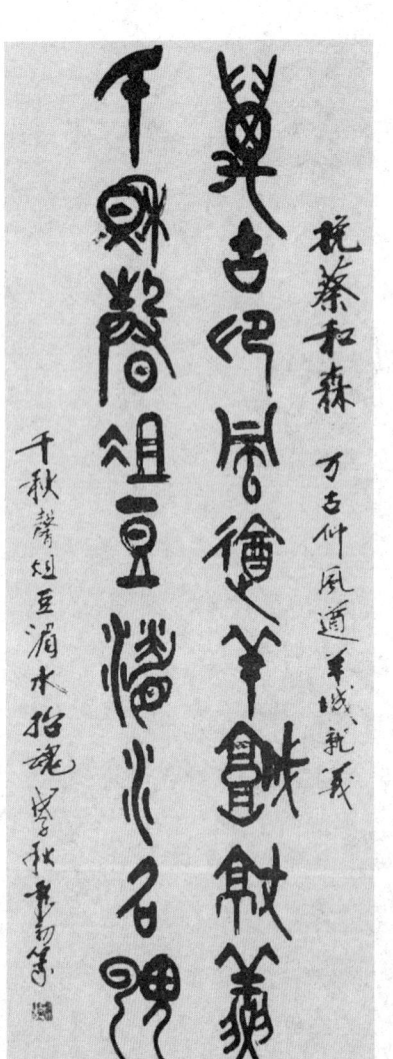

曾老彩初先生的书法，属于传统书法。我这样称谓，是为了有别于所谓现代书法、丑书书法、舶来书法等。

一种浩然气象，一股泱泱大风——这是他的作品给人的第一印象。写的是"正气歌"，唱的是"主旋律"，发的是"时代强音"，传达的是正能量。正如他的自撰联所写："天地有正气，丹青写痴心"。他主张"艺以载道"，敢于针砭时弊，向社会和历史负责，他在一幅画上题词："身正不怕地势斜"，用书法艺术继续诠释他"传道，授业，解惑"的师道人生。因此，他的作品里往往充满着民族忧患意识，不断唤起人们的爱国良知。

曾老的字饱含传统书法的深厚功力，力度让人震撼，厚重使人折服，韵味给人陶醉。特别是他的篆书，出神入化，大篆小篆相融，五体笔法并用，写得朴厚、正大、沧桑，使你真正懂得什么叫"人书俱老"和"炉火纯青"。他的中锋用笔，真气弥漫，形神俱备，惊天地，泣鬼神，成就了他的篆书一绝。几十年来，曾老就是这样，把中华传统文化的精髓熔铸在他的书法线条里，千锤百炼，形成他独有的书法语言，显示着传统书法的无穷魅力，感化着每个人的心灵。欣赏他的作品，你会想到遥远的时空，想起先民那个纯真的年代，五脏为之一洗，灵魂为之一净。

我们可以这样说：画是他书法的升华，书法是他画的灵魂；他的画是书法的化身，书法是画的缩影，珠联璧合，相映生辉。大篆与墨竹是曾老的双璧，大篆有劲，墨竹有节，这就是曾老——劲节，真是书如其人，画如其人。就像他自己说的："写几个老实字，画几笔朴素画"。正因如此，"朴素而天下莫能与之争美"（《庄子·天道》）。朴素之美乃大美，是美的最高境界，是谁也不能争比的。故他的作品，既受到艺术大师们的认同，又为老百姓所喜闻乐见。德艺双馨，雅俗共赏，这就是他的作品受到普遍尊重的根本原因，必将流传后世，被泽后学，成为我们永远的骄傲。

曾老彩初先生具有很深的传统文化修养，篆、隶、楷、行、草五体俱佳，诗、书、画、印都达到了很高的境界。中国艺术就是这样，不仅有纵向的传承，还有横向的相互生发，往往共同促进，相得益彰。他的艺术实践证明文化的积淀和多门艺术的修养是一个艺术家成功的必由之路；他的

国际书法家协会秘书长、韩国书法艺术院院长叶欣教授送我"厚德载物"书法作品

艺术成就为我们如何成才提供了一个范例，树起了一面旗帜，成为湖湘文化里一颗耀眼的明星。

为捍卫中国传统书法，他曾做出了不懈的努力。前段时间，有所谓书法家把汉字写得支离破碎，神魂颠倒。汉字乃中华民族的遗传密码，书写离开了汉字规范，就会破坏遗传密码，糟汰传统文化。传统文化是一个国家的灵魂，文化丧失，国魂不存，民族就将崩溃。他，作为一个正气的艺术家，一种责任感立即袭上心头。为此，曾老对以丑书为代表的所谓新潮提出了严厉批评，至今还令人感动。

曾老还在不断为传统书法这面旗帜增光添彩。现虽年已90高龄，仍以他的不朽彩笔彰显着中国书法的永恒。他克服年事已高、身体不适等各种困难，不断推出精品力作，不断出书，不断办展，为光大传统书法做贡献。

这面旗帜，让人高山仰止，肃然起敬；叫人望而指归，奉为楷则。我们祝福他永远鲜艳，永远飘扬！

韩国世界文化艺术发展中心会长、书法家李武镐先生赠我书法作品"乐在人和"

曾老叫我讲真话

——我和彩初先生的最后一次笔谈献作七七祭

2月28日中午，湄水河畔自了斋，天朗气清，惠风和畅。

"昨天，在市书协开会，托我给你带来孙水河文化园两幅作品的润笔费。"一落座，我便拿起纸笔

写。"分外钱，不宜要？"曾老也拿起纸笔，在后面用了一个问号。"劳动所得，正当收益！"曾老是我所知的书画家中主动缴税的第一人，他总是把自己的书画价格定得很低很低，从不多收一分钱，所以，我只好来个感叹号，表示完全应该。

因为曾老耳背已有多年，笔谈是我们交流的主要方式。这次是专门送去孙水河文化园给他的润笔费的。因午休时间，本想送到即走，不料曾老却谈兴很浓，不好意思马上离开。

"你们开了什么会？是重点作者会吗？""去年工作总结和今年活动安排。今年是建党90周年，市书法研究会成立10周年，要搞活动。"曾老对外

面的信息一直很关注，我如实向他汇报。他没再往下问，却拿出一本册页来，里面是他的书画精品照片，要我提意见，满脸严肃地要求我："你

在兰州第一次亲近穿城而过的黄河

可讲一二句假话，照顾情绪，但要讲三四句真话，才对得住人！"这次他用了一个大大的感叹号，使我犯起难来。

　　曾老是个实在的人，是看得起我才这样说的，我虽不能完成他交给的任务，但也不能扫他的兴。想了好久，不知如何开口，就说："你德高望重，吐词为经，举足为法，学习还来不及呢！哪敢在你面前指手画足呀！"他认为我没有讲真话，硬要我对他的书画艺术作一评价，这个事可不是我能做的，自知没有这个水准和能力。我只好从他的一幅《红竹》说起："这好，有意思！"于是，我们谈到苏轼画朱竹的故事。本想这个故事会淡忘他的话题，不料他还是要我说。

　　"您的画的题记我最喜欢'身正不怕地势斜'这句话。以后，合适的时候我会就你的画专门写点文字，上次那篇主要是写书法，现在对你的画还研究不够。"我想考虑成熟再说，也是有意把他的注意力

2012年3月，参观台北"故宫博物院"

引到别处，谁知他却穷追不舍："要写，就要指出几点致命伤，使我听后接连三天失眠，这才是真正的朋友！"心里想："罪过！罪过！拿我当朋友，还让你90多岁的老艺术家失眠三天，我罪莫大焉！"于是，我把字条递了过去："听说，艺术不怕有缺点，就怕没特点。你的书画的特点就在于实在——直面现实，针砭时弊，饱含忧患意识，这就是你的特色，这是可贵的，也是我们应该学习的，我是这样认为的。"我的评价，他并不满意："我很高兴，又一次失望！""其实，我讲的都是真话，只不过才疏学浅，孤陋寡闻，讲不出深层次的东西罢了。"对曾老这位老革命家、老教育家、老艺术家，我一直把他当作工作、学习、做人的楷模，确实说不出一个"不"字。今天这阵势，不讲句不中听的话，是不好离开贵府了。为了满足他的心愿，我把曾老的字画和他的为人及今天与我的较真的劲儿联系起来，只好又写句话递过去："您老，字如其人，画如其人，太实在！"心想，能说"不"字的都是高人，我说不出，你就莫霸蛮了啦。曾老看到"实在"，在前加了一个"太"字，总算笑了笑，似乎满意了些。

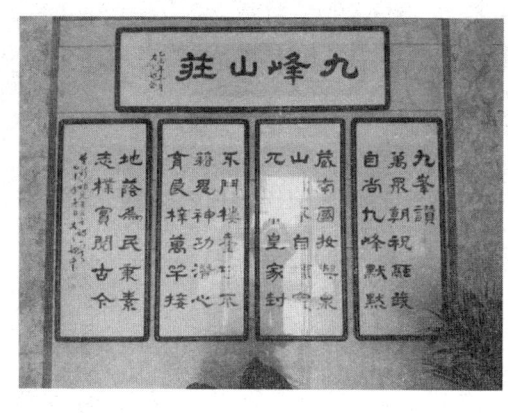

"您老该休息了，下次拜访再聊好吗？"考虑到他年岁大了，又有午休的习惯。他还是把纸递了过来："你看我思想糊冒糊涂？我自觉思路已不清楚了！"这次换了一个话题。我看他语言表达的逻辑和用词的确切乃至标点符号的

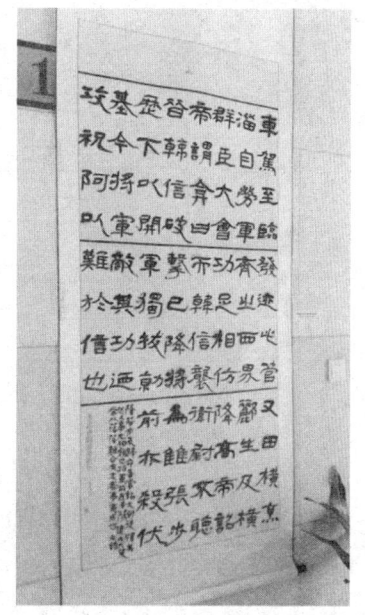

准确,就说:"思维非常清晰,一点儿糊涂的感觉都没有。"我又说:"九十多了,有这种状况,已属难得,按目前的精神来看,百岁不是问题。"他把字条又递来了:"三十多岁时即席讲话还能吸引人,现在写好稿子念还丢这丢那。""这不足怪,我只五十多岁,还丢三落四。您年轻时是以才貌吸引人,现在您是以艺术感染人,方式不同了,吸引人易感染人难呐!"

这时,我又提醒他:"休息好吧!"他还是谈兴不减:"陈传席说,神经正常的人不宜学艺术,学艺术的人要有点神经,甚至有点癫狂,这样的人就敢于打破一切陈规。我是个神经正常的人,遵守规则的人,知道自己太老实,但我不想违背个性去做一个时髦的聪明人。"他还是在寻找"实在"的根源。最后,他说他:"天资中下。"我想到他成长的动乱年代,聪慧的天赋,高尚的品德,工作和艺术上的显著成就,特别是这么好的身体,未假思索就写了几句不妥帖的话递给他:"环境下等,天资中等,德艺上等,身体超等——私下认为。"他看着和蔼地笑了笑,没提出批评。

我们就这样谈着,约二个小时,字条在我们中间来回几十次,虽然已过了午休时间,他一点儿倦意都没有,我感到曾老的身体真好。本来,我早想就人生和艺术的许多问题向他请教,这是一次最好的机会,但又不忍心过多耽误他休息。我只好把字条整理了一下,收入一个信封,决定起身告辞:"我能把这次笔谈的记录带回去作个纪念吗?也想为以后写文章留点素材。"曾老点了点头，表示同意。"与君一席话，胜读十年书。谢谢您的指教，受益匪浅！"我向他拱拱手，表示告别。曾老笑笑，以慈祥的目光送我。

回来后，曾老的话一直在我脑海萦绕，引起我很多思考。他这不正是对我进行言传身教，告诉我批评与自我批评的必要、解剖自己与解剖别人的困难、真善美与假丑恶等是非标准吗？记得，我曾当面请求拜他为师，他却谦虚地说："我还是学生呢！"不愿收我为徒。后来了解到他确实没有收过什么徒弟，才理解了他，只好在心里默默把他当老师罢了，今天他不是在心里已把我当徒弟了吗？

5月9日，噩耗传来，走过91年风雨征程的曾老去了。我无论如何也不敢相信他会走得这么快，他不是挺好吗？那次谈话的音容笑貌再次浮现在我眼前——他是那样本真、慈爱、谦逊，到人生的尽头还在寻找自己的不足，此时他在我心里突然更显伟大。我思绪万千，连夜作了一副挽联，敬献在他的灵堂，挽心仪之师曾老彩初先生：

先地下，后地上，一身正气为国谋，先忧后乐与谁共？

始育人，终攻艺，双馨令侪望指归，始学终成有人传！

曾老是一位真人，一位真正的艺术家，值得我们学习和传承的东西太多了！今天，他离开我们四十九天了，看着这些字条，又引起了我的缅怀，写下这些，是为祭！

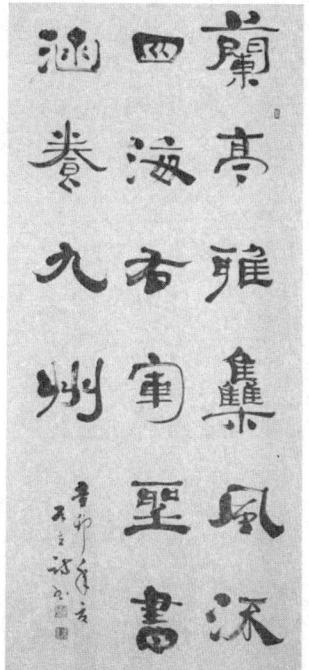

2011年6月28日子夜于得车楼

希特剪纸艺术之"特"说

　　我琢磨李希特先生的剪纸有好多年了,只知道他的剪纸好,却不知道好在哪里。这次我终于发现他有一点和别人不一样,是其他剪纸艺术家很少有的,也是很难做到的,他把书法和剪纸融为一体,这就成了他剪纸的最显著的特点,原来好就好在这里。

　　书法用剪纸的形式表现出来是很不容易的。字,本来就难写好,剪字必须在写好字的基础上进行,这就难上加难了。这就是说,不仅要练帖,而且要读书，因为练帖才能把字写好，读书才能把话写好。所以，俗话说得好，"剪纸容易，剪字难"。特别是字的那些点呀、画呀、交叉呀、细长的线条呀、起笔收笔的意味呀，这些东西够难弄的，虽说是剪纸，但书法有些是要雕，有些是要刻才能出来的，弄不好就是一团乱麻，真是"剪就断，理还乱"。没有好的文化功底和书法技巧及心理素质是做不了这个"细活"的。所以，一般的剪纸艺术家都不敢涉猎这个领域。

2012年3月，在台湾与胡小海女士（中）、曾敏先生（左二）、谢光明先生（左四）等合影留念

希特先生跟我说：我是一个艺术工作者，总该能为老百姓写写春联吧，为年轻人写写婚联吧，为单位布布展吧，我说不会写，行吗？不行的！必须得写，还必须"会"写。为了实用，他在书法上下了一番功夫。我经常看见他写字，还看过他许多年前练过的字，一本一本的，一摞一摞的，确实不错。现在，昔日的书法功力在剪纸艺术上发挥了作用，他的剪纸作品上有篆、隶、楷、行、草几种字体，在传统书法的基础上，经过他的匠心独运，真是美轮美奂，精彩极了。开始，我还以为是别人写的他剪的，后来，见他亲自执笔操刀，全是一手"包办"。确实不易，令人敬佩！

李先生为什么要把剪纸和书法融为一体呢？他曾说过一段这样的话："我喜欢书法篆刻，在创作剪纸时，总爱将剪纸和书法凑合在一起。因为我觉得，单纯的一幅剪纸显得单一，能借鉴书画作品的表现形式，配有适当的题款或诗词印章，多一点文化韵味，意境或许要好一些。"说得很明白，为的就是这点"文化韵味"和"意境"。

剪纸和书法融合起来，为剪纸艺术别开了一个生面，拓展了一个空间，提高了一个档次。古人把画上的一行书法题款称为一炷香，几行款就是几炷香，据说香越多，画的价值就越高。我也认为，没有书法题款的画和剪纸，就像是有佛而没有香火一样，缺了一点"情缘"——少了点味儿。

他的剪纸，往往画中有画，画中有话，画中有书法，须认真研读才能读懂。特别是里面的书法，或标题式，或隐含式，或背景式，或印鉴式，或全部书法式，多种多样，不一而足。如，他的十二生肖剪纸对联，本身就是一副对联，他又在每一生肖里隐含一副对联，十二副联全部用铁线篆印章的形式藏于每一生肖之中，像"鸡"联："惜时争分秒，报晓惟诚信"，与剪纸和谐统一，耐人寻味，这样的作品还有许多，你千万别淡看了。他在书法里面蕴藏着丰富的文化内涵，不是祝福吉祥，就是励人奋进；不是记录历史，就是抒写情怀；不是歌颂光明，就是……。总之，李先生剪纸艺术的精华全部在他的字里。

剪字，唐朝以前就有了。

2013年12月，在全国政协文史馆"禅文化书法展"上与宗教界人士合影留念

唐朝著名诗人李贺在他的《乐府诗·神仙曲》里就有"春罗剪字邀王母,共宴红楼最深处"的记载,可见当年剪纸是多么浪漫的事。今天,是同样的罗曼蒂克,请看他的作品:"郎是蜜蜂天上飞,妹是蜘蛛挂屋檐,有日投进妹的网,郎要飞,妹要缠……",一幅幅扇面——民歌系列,变成了剪纸书法艺术,雅俗共赏,深得人民群众的喜爱。剪纸艺术在这里得到了发扬光大,这恐怕是诗人李贺当年所没有想到的。

  艺术不怕有缺点,就怕没特点,希特先生的剪纸真的"特"了。于是,联合国教科文组织和剪纸协会授予他"民间工艺美术家"和"剪纸大师"的称号。他的剪纸也早已进入了"王谢"庭院和寻常百姓家,现在,人们的居室都以有一幅他的剪纸而为时尚。

2009年2月8日于二未斋

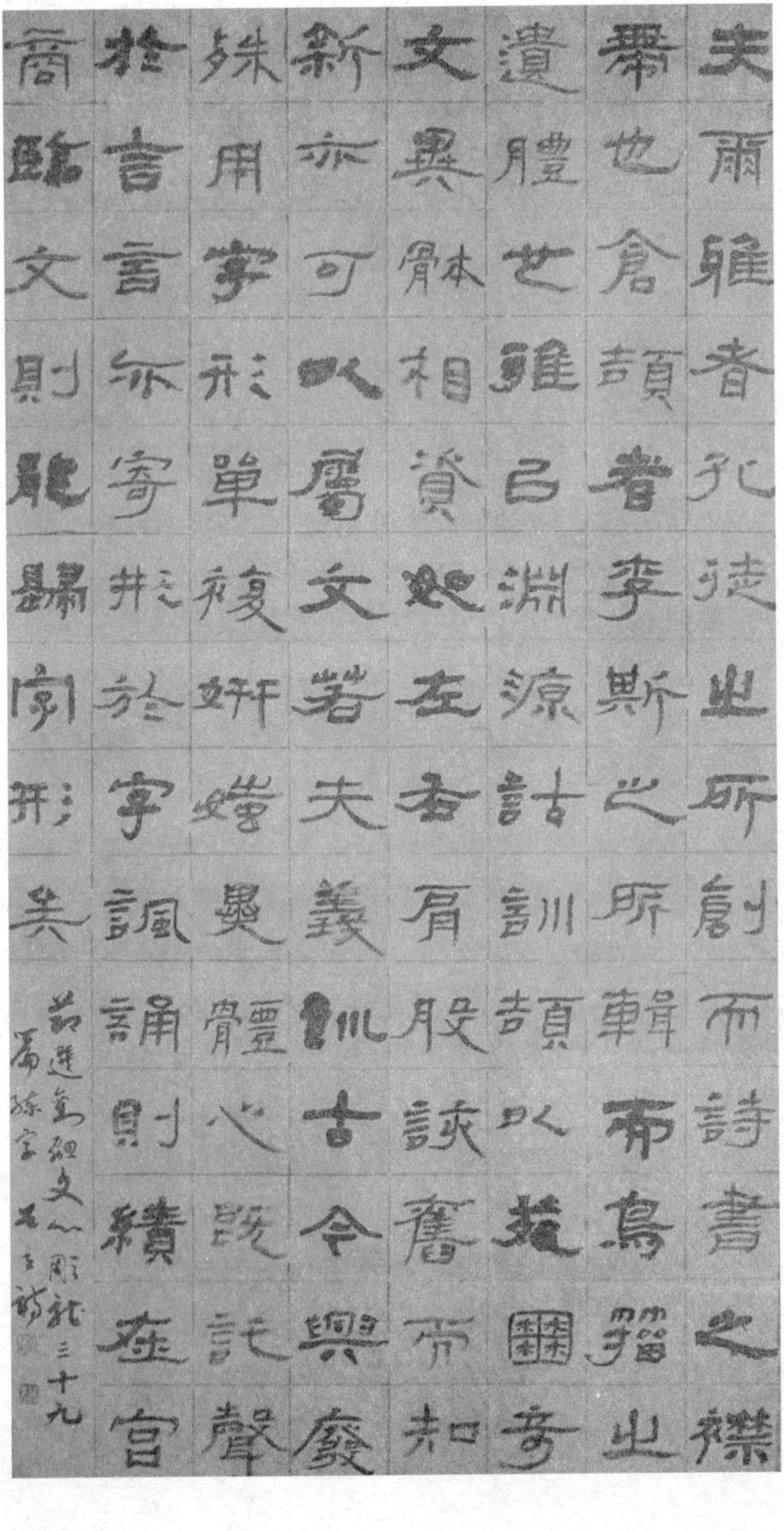
夫爾雅者孔徒之所創而詩書之襟
帶也倉頡者李斯之所輯而鳥籀之
遺體也雅以淵源詁訓頡以苑囿奇
文異體相資如左右肩股該舊而知
新亦可以屬文若夫義訓古今興廢
殊用字形單複妍媸異體心既託聲
於言言亦寄形於字諷誦則績在宮
商臨文則能歸字形矣

<<< 希特剪纸艺术之"特"说

临《阿房宫图》

浮車楼谭艺 >>>

佳人兮，不能忘
―― 缅怀李继泉先生其人其画

　　1989年4月3日，人们清楚记得，李继泉先生送画去省文联，返回途中突发脑溢血，送医院抢救无效，这颗如日中天的艺术之星于5日上午8时40分陨落了。逝世后，从他的遗物中发现了3张汇单夹在书页中：一张是1979年的，一张是1983年的，一张是1984年的，都是他的稿费和奖金，但一一都作废了。看来，艺术已是他的全部，除了艺术，还是艺术，金钱无法动摇他那颗纯美的艺术之心。我想，这就是他短暂一生有如此巨大成

86

就的原因吧！面对这些，我们真的"不能忘"记他——李继泉。

一、血性男儿酬丹青

李继泉出生在双峰县石牛乡的一个农民家庭，从小酷爱艺术。他曾在部队当过3年兵，在双峰县文工团当过1年美工，在湖南师范学院艺术系油画本科毕业后，就分配到了邵东县文化馆任美术专干，一干就是24年，在这里，他奉献了他的全部，直至生命。

虽是学油画，他却自学并掌握了中国画、版画、泥塑、根雕、工艺美术等多种艺术形式。他以各种形式创作的作品俱佳，深受群众和专家的欢迎。仅在全国、省、市展出的作品就达50多件，其中《勇进》等作品在全省展出获大奖，特别是《总书记下食堂》在全国美展展出并在《山东画报》发表，入国展对于一个艺术工作者来说，是一项莫大的荣耀。专家学者认为他的画很有创意，好评如潮，老百姓更是喜闻乐见。

他的画确实不

浮車楼谭艺 >>>

寻常。我曾读过他的一幅遗作，是油画，画很简单，整个画面就是一只石狮镶嵌在一条由乱石砌成的石墈之中，狮子张口鼓目昂首，以他的身躯承载着所有重量，和石狮在一起的还有一块残碑，我记得那是《兰亭序》，其中"一觞一咏""游目骋怀"等字样清晰可见。这幅画他还没有来得及命题就离开了我们，粗看也不一定就能明白他的寓意。结合他的一生，我想了很久，也想了很多。我想，这石狮不就是他的写照吗？这残碑不就是中国艺术吗？他不就是想用自己的身躯来保护和撑起这残破的中国艺术吗？深刻！我懂了，原来他在画自己。

他作画总是充满着激情，有一股"兴头一挥百纸尽"的豪迈气概。特别注重大感觉，大气象，大色彩，画面生动感人，风格豪放奇肆，醇厚朴茂，有苍茫浑莽的韵致。有人评他的画有"东方的意趣，西方的实感；东方的空灵，西方的缤纷"，确如此言。他的画至今仍在流传，我相信会被永久收藏，惠泽后世。

　　大自然是他永不枯竭的艺术源泉。他一直坚持写生，画速写，就是到了身体状况极差的后期，也不忘采风，先后到江华、张家界、南岳、武冈、城步、南山等地，背着几十斤的行囊，每天步行爬山30多公里去写生，仅遗留下来的速写就有300多张。

　　他还善于借鉴民间艺术。老艺人余兰芳，对印花布图案很有研究。他马上帮助收集整理，其中有40多套被推荐在全省展出，并及时与周柳眉合作撰文，在《文汇报》上进行推介，引起轰动，使民间艺术在收集中得到推介，在整理中得到吸收。

　　有的人会创作却没有理论，有的人有理论却不会创作，他既会创作又有理论，并对艺术有独特的见解。他主张油画应体现中国画的意境和笔墨，他说我们应画"中国油画"，"中国画和油画只是工具不同，我们中国人画的油画，要有自己的风格"。他曾说："艺术是表现，不是涂脂抹粉，这是我始终不能改变的主张。"他学识渊博，撰写的《论滩头年画的艺术风格》《素描与色彩的基本知识》《论宗教与民间艺术》等论文,从顾恺之谈到郑板桥,从达·芬奇谈到伦勃朗,旁征博引,发人深省。如在衡阳、株洲等大学的讲学大受欢迎,他的美术思想和艺术成就受到广泛的肯定。他在各方面为美术事业的繁荣与发展做出了贡献。

二、"农民画之乡"的诞生

原来的邵东,只有3个美术作者,但到了20世纪70年代后期,突然出现大批邵东农民画,在报纸上刊物上不断涌现出来,吸引着全国美术家和艺术鉴赏家的目光。

当然,这些绝不是天上掉下来的,这是李继泉用青春和心血培育出来的。他先后在县城找了23处农民家作画室,进行培训和创作,这些对象文化基础薄弱,又没有见过世面,所以既要讲技巧,又要讲理论;既要传授文化,又要指导画画。为了使他们提高更快,采取请进来走出去的办法,如请著名画家钟以勤、陈白一、李习勤来讲学;如组织赴北京、广州、南宁等地参观学习。这些大多是在休息时间组

与中国书法家协会原主席张海先生在中国美术馆前坪合影

织进行，有时一天工作达20多个小时，有的干脆就带在自己家里吃住。却从未收过一分钱，今天看来是不可思议的事情，他却无怨无悔。

这样，他把队伍从3个人发展到300多人，其中重点作者85人，考上美院22人，为机关、学校、工厂输送美术人才48人，以美术为职业的农民作者15人。他辅导创作的各种美术作品400多件，其中入省展150多件，入市展200多件，有50多件在省级报刊上发表，还有大幅壁画400多幅。他组织的大小展览和培训就达80多次，展出作品共4000多件。最值得骄傲的是，有7件作品入选全国美展，作为一个县这是了不得的成绩。这些数字惊动了全省、全国，更给他的老朋友王憨山、匡水洋等所在的家乡双峰县文化馆的压力不少。

1979年，中南五省艺术专家到湖南考察农民画来了，称赞邵东是"农民画之乡"。正因此，他被评为全省艺术工作优秀组织者，1980年又出席全省第四次文代会，1983年在全省宣传工作会上再次受到表彰，并多次在大会作经验介绍。为此，《湖南日报》和《文代会简讯》专门报道了他的先进事迹。

他在《自述》一文中写道："经过

我多年默默的耕耘,把我的青春和热血,以及我对艺术事业的狂热感情,献给了邵东群众艺术事业。我的青春过去了,当黄昏的气息笼罩我的时候,有什么回忆比这更新鲜更可喜呢?"这些成绩是他用生命换来的,就是肠癌开刀,也没让他退却过。他说:"金钱和地位哪比得上我在逆境中创造的奇迹,看到出类拔萃的学生,这就是我最大的幸福。"现在提到邵东的绘画,不能不提起他,谈到邵东的画家也不能不谈到他——可见他的影响之大之久了。

"农民画之乡"的诞生,是他对艺术事业的又一项巨大贡献。

三、明年再有新生者

"新竹高于旧竹枝,全凭老干为扶持。明年再有新生者,十丈龙孙绕凤池。"板桥的《新竹》诗,今天读来特别亲切,图景仿佛就在眼前。先生虽然英年早逝,但他的事业在儿孙们身上得到了很好的传承,就是这首诗的最好诠释。

大儿子李小鸿,西安美院油画系毕业,在油画风景画上成就不凡,仅写生油画就有几百幅之多,蔚为大观。

二儿子李晓明,衡阳学院美术系毕业,省美协会员,主攻中国画,多次在全国教育系统和省市美协入展获奖,他培育的学生就有500多人考上大中专院校,其中考入央美国美达30多人,教学创作双丰收。

三儿子李思训,上海工艺美术系毕业,中国

雕塑学会会员，民进中央开明画院理事，全国城市雕塑创作设计师，湖南雕艺会秘书长，湖南雕塑院设计部主任，湘潭市美协副主席，湘潭大学艺术学院客座教授。他的作品多次获全省、全国级展览和奖励，其中在建设部和文化部举办的"第三届全国城市雕塑建设成就展"中，他参与创作的长沙黄兴路系列雕塑《百年长沙》和他主创的湘潭白石公园组雕《白石之路》分别获特别奖和优秀奖。就雕塑而言，已是"初凤清于老凤声"了。

孙辈也是人才如涌。孙女李晟，这位第二届中国金鹰艺术电视新秀大赛最佳女演员，"一颗让人惊喜的沧海遗珠——《新还珠格格》里的小燕子"，毕业于湖南工大广告设计专业，除影视表演艺术取得巨大成功外，她还酷爱绘画艺术，而且已有所成，非常看好。

这是一个艺术世家，不但传承着技艺，而且传承着献身艺术的精神，他们一代又一代光大着中国艺术事业，不得不令人赞叹。先生九泉有知，定会感到无限的欣慰。

有人善"掘井"，倾注一点，终得清泉而自饮；有人会分流，引大河之水为细流，滋润八方。李继泉既得自饮甘泉，又不忘润泽八方。汉武帝曾用"兰有秀兮菊有芳，怀佳人兮不能忘"的诗句，来表达对这种人的敬意和怀念。李继泉就是一位像兰菊一样的人，可惜他已经逝世22年了，也只活了52岁。

2011年3月22日于得车楼

藏着神秘 留着期待

——黄定初先生山水画初识

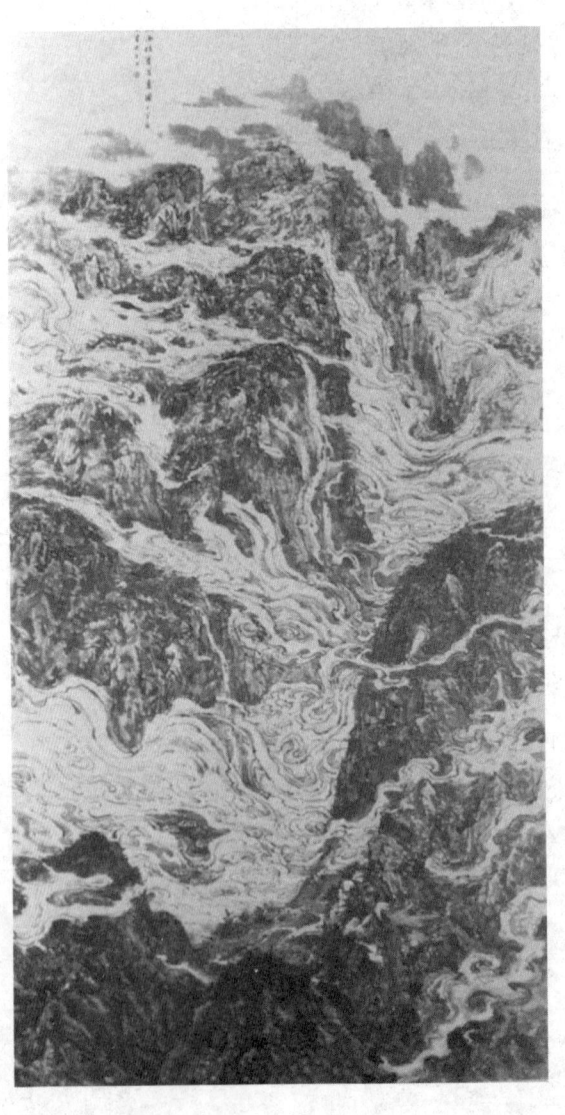

我见过的画家不少,看过的山水画也有很多,留在我记忆深处的却很寥寥,但定初先生和他的山水画却在我的脑海里一直萦绕不去,特别是他的祥云山水,竟越来越鲜活起来,且这种感觉与日俱增。

我读过他两本画集,一本是2004年光明日报出版社出版的《黄定初作品选》,一本是2006年楚韵文化出品的《黄定初画集》。里面有10多米长的《问苍茫大地》的鸿篇巨制,也有不到半米见方的《清凉世界》的小品佳构;有《爱晚霜叶红》的浓墨重彩,也有《野渡无人舟自横》的轻描淡写;有《五千里秦树蜀山》的辽阔古原，也有《山明水远》的江南胜景；有《幽谷平居》的《苗寨新舍》，也有《家园》的《山乡杜鹃红》，这些都耐人寻味。但，最使我神会和感动的还是他的祥云山水。在这方面，他似乎更见功力，更有创意，更为卓越。

我想起《史记》里的一个故事。当年，秦始皇怀疑东南有天子气，因此巡游东方，意在镇服东南的天子气。有一个叫刘季的人怀疑自己是那天子气，便逃亡藏匿在芒砀二地之间的山泽岩洞之中，但他的妻子却常能找到他，刘季感到奇怪，便问妻子，妻子说：你所藏的地方，上面经常有祥云，我顺着祥云去找，就找到你了。这个刘季就是汉朝的开国皇帝刘邦，妻子即是吕后。我想，定初先生是相信这天子祥云的故事了，希望自己手中画出的祥云能给人带来好运、吉祥、平安。

祥云祥瑞，传说因瑞气感应而致。因此，北周庾信有"祥云入境，行云随轩"的描述，唐杜牧有"祥云辉映汉宫紫，春光绣画秦川明"的诗句，《汉书》有"上顺天心，下安百姓，此正义善事，当有祥瑞"的记载，汉刘向《新序杂事》更有"成王任周召，而海内大治，祥瑞并降"的记述。也许，定初先生是想通过自己的笔来描绘一种人与自然和谐相处，天下太平的盛世景象吧！

当然，这些我不得而知。

我之所以喜欢他的祥云山水，是有我的审美个性。我不喜欢那种显山露水的独白，而喜欢那种平时看不见，偶尔露

2013年12月，与中国书法院学术部主任、中央美术学院美术学博士肖文飞先生合影

峥嵘的含蓄；我不喜欢那种大红大紫的艳丽，而喜欢那种柳暗花明的质朴；我不喜欢那种大圆满的形式，而喜欢那种花未全开月未圆的境界。定初先生的祥云山水正合我的审美情趣。祥云是变幻的，因此，他藏着神秘，留着期待，给人们深邃广阔的思维时空，使人产生无限的遐想，让你尽情地去感受人生各种不同的生活和心理体验。在我看来，一幅山水画没有几朵祥云，就像一个美丽的新娘少了一块盖头巾，虽然漂亮，却少了几分羞涩。我喜欢他的祥云山水，就是喜欢祥云里所蕴含着的这份文化。

所以，不管是他画的《八千里云水路》《幽梦还乡》的云，还是《击水潇湘》《远航》的云；不管是《龙山写意》的云，还是《云起楚山》的云；不管是《湘黔道口》的云，还是《武陵奇峰》的云；不管是《仙人洞》的云，还是《云故乡》的云，我都喜欢。定初先生画云，不是采用现代的大写意的泼墨式笔法，而是采用传统的工笔勾描手法，所以，他画出的云让人看到的是一种《千古岁月》带来的吉祥。2008年北京奥运会的火炬就选择祥云作为图案，是传统文化的启迪，还是定初先生祥云山水的影响呢？不得不让人在寻味中产生许多美好的联想。这种既根植于民族传统文化蕴含着佛道理念，又紧跟时代精神的祥云山水，我想，绝不会是我一个人的最爱！因为吉祥文化历来是人们的崇尚和追求。

2014年4月，和中国艺术研究院中国画院教授曾三凯先生在房山十渡写生合影

定初先生曾大病一场，从死亡线上回来后，对祥云山水更是偏爱有加。他，供奉着一尊大佛，住进了城外的一个"八卦阵"里，在祥云山水里怡情养性，追求人和画的本真。几年后，人品画品在不知不觉间走向了真美。

我们只相信一句古老的格言：吉人自有天相。我只愿祥云长护着他，让我能经常欣赏到他的新作——祥云山水。

2007年11月于无为斋

哲人的诗、书

—— 李让成先生印象

三年前，我与李让成老师邂逅于县城的一次书画展上。

那时，他在看，我也在看，谁也没注意谁，他的一句不经意的"诗是无形的画，画是有形的诗"的表白，令我注意起他来：高挑的个头，挺直的脊梁，一张棱角分明的脸，一双深邃的眼睛放射着光芒。我们开始搭讪，于是有朋友介绍，这就是双峰一中有名的李老师。我们就这样相识了。

他那幅书法作品深深地印在我的脑海里。点，深沉、苍古、劲拔；画，曲虬、雄健、稳重，还不时露出古藤般的飞白；结

哲人的诗、书

体、端庄、拙浑、奇险;特别是那错落有致、灵动雅丽的章法,令我无法忘却。

后来,终于拜访了他。谈了好久,我才知道李先生的坎坷人生和所取得的不凡成就。临行前,他送了我两件礼物:一本书,他自己写的诗集《故土》;一件书法作品,行书写的横幅:"大丈夫当死中图生,祸中求福,困而修德,穷而著书"。这是曾国藩的话,我记得。今天写拙文时,又拜读了这幅作品。我突然感到,这更像是李老师自己的人生写照:19岁被打入另册而幸存下来,可谓死中图生;然而,他在下放农村劳动的20年中阅读了大量古今中外名著,积累了丰富的知识,这应是祸

中求福了；从历练中陶冶出深沉、刚毅的性格和善良的品德，当是困而修德；教师是清贫的，而李老师却笔耕不倦，岂不是穷而著书吗？

我认真读了他的《故土》，发现他是一个思想丰富而深邃的人，一个"用头颅走路"的人。他的诗充满哲理：

"刀刃上走出来的/骨头/比钢铁还硬"(《雕像》)；

"每读你朽迈如恐龙的身世/总想哭/我哭不是哭你/一个古老的民族"(《木犁》)；

"应该慎读的/是灿烂的背面"(《蝴蝶》)；

"不闻主子鼻息/你还能发表什么"(《鹦鹉》)。

"千支歌/万支歌/能喂饱村庄的/是那支土生土长的山歌"(《山歌》)。

他的诗充满睿智，不时绽放出思想的火花。

我还看过他的艺评，无不是用精练的跳跃的诗的语言来表达他的艺术哲理，使人读后如春风慰怀。

我读了他的诗、书法和文章，才算真正认识了李让成。他，原来是位饱含人生哲理的诗人书法家。

2005年冬于篱下

增损古法　裁成今体
——走近王雪樵的书法艺术

王雪樵本是一位画家，却以书法笑傲书坛。

他的书法好像来自天国异类，特有一种风神。粗看，沉雄博大，豪迈壮观；细看，字中有笔，天趣盎然，如禅句有眼。原来，他从小就遵照父亲"二分写字，二分画画，六分读书"的庭训，画画先从读书习字开始。

最初，在父亲的严课下习颜体，也不知练了多久，他终于懂得了古人笔法，颜楷写得像模像样了。本可凭着这笔字行走书坛，但他并不满足。

临摹《墙盘》《散氏盘》《毛公鼎》等钟鼎文字占据了他不少的时间。他认为这才是书画的源头，在这上面花时间值得，这些象形文字就是最早

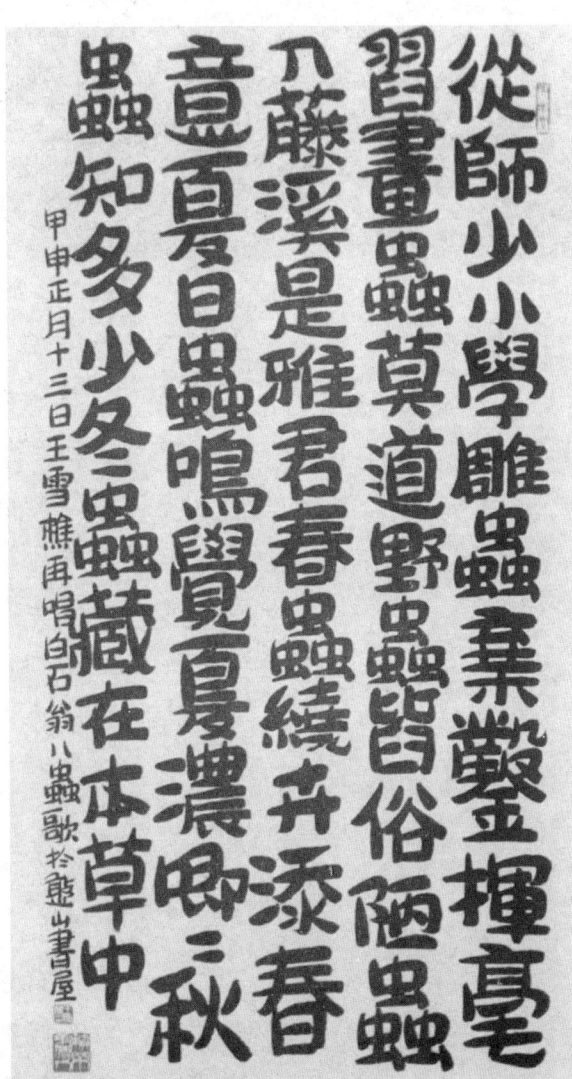

的图画,书画同源,书善画半矣。因而,他的书画笔法中常有大篆笔意,他的书法作品和画上题识上也常有篆字出现。

不知是神的启示,还是自己的顿悟,他突然感到宋体字里有无限奥秘。宋体字乃书家留在宋版书籍中的一种结体方正匀称的字体,但又不同于楷书体。到了明代演变为横轻直重,字形方正的字体。因便于雕刻,成为16世纪以来的主要印刷体,后来又衍生出各种美术字。他从这天天见面,又被大家忽视的艺术王国里找到了知音。研习宋体字的人确实寥若星辰,他却从中不断地吸取营养。因此,也奠定了他结字的特有骨架。所以,他的字有一种其他书家很少有的建筑美。非常讲究字的笔画安排、空间布局和整体造型。

有了碑的魄力,还得有帖的神韵,于是,他横搜直索,广研博取,最后,找到了金农。这位学者型的变法书家给了他不少启迪。

天资、学养加造化,使他的字脱落出一股新风,一种新体:点画方拙又珠圆玉润,结体稳健又稚巧险劲,布局茂密严谨又错落有致,整篇气象雄逸,似豪情天纵。他的字里既有颜字的雄强广博,又有宋体字的字正腔圆;既有钟鼎的厚重肃穆，又有金农的潇洒风神。品他的字，就如品一缸老窖，时间愈久，愈觉淳香。

读他的字，你会看到黄金分割美和书法的四维美。他不仅注重单体的造型比例，更注重群体的序列组合；不仅注重局部的雕琢趣味，更注重整体的视觉震撼；不仅注重墨的突兀惊奇，更注重笔的节奏流变；不仅注重可看，更注重耐看。他的字往往有行无列，随势取形，大小相宜，而又顾盼流连，巧如天工。欣赏他的字，你会想到边塞的古堡，关内的老城，虽经沧桑，仍显壁垒。

看雪樵写字是一种享受。他有意把笔濡成扁形，落笔从容，中锋运笔，行笔较慢，笔重墨厚，笔墨过处，力透纸背，出规入矩，不离法度。从濡墨开始，就吸足一口气，然后慢慢写来，字不写完，绝不出声，写完才长舒一口，会心一笑。没有半点浮躁气，令人叫绝。

他的字是一种创造。说他的字是"童体"，可谓一语破的。古人说："学书者，始由不工求工，继由工求不工，不工者，工之极也。"所以，他的字以熟就生，天趣自成，鲜活得如原生态，而一举一措，皆有依凭。"道本自然，谁其限约，善学者乃学之于造化，异类而求之。"雪樵增损古法，得其古风，裁成今体，独成一格，非常之异类。

他的书风与他的善于思考的独立人格是分不开的。他从不追风，总是以独有的审美眼光来观察世界，表现生活，

2008年12月，和湖南省政协副主席、省文联主席谭仲池先生在一起

让人们感受美的愉悦。他的艺术成就得益于他追求艺术的精神，这种精神不随时代、境遇的变化而动摇，这是他永远不竭的动力。他立足于古典，不拘泥于传统，注重创作体验，然后，大胆突破，被大家接受，这是很高很难的。因为，出奇不难，出奇被大家接受，把"奇"变为"常"，这才叫难。于是，他一直在努力。

雪樵天资既高，积学已厚，用功尤勤。书非常异类，却平易近人。他的书画已为识者所爱，必被世人所宝。

我期盼他，再续先祖"二王"的传奇。

2006年8月20日于无为斋

乡情·神韵·怀斯
——参观李再喜先生广州水彩画展有感

　　中国美协主席、著名画家刘大为先生题签的"李再喜水彩画展"，2008年10月25日在广东画院展出。这是再喜先生从艺半个世纪的首次个展，我欣赏了他的每一幅作品，在研讨会上听了每一位专家的发言，参加了每一项活动，可算领略了他的全部精彩。

水彩画引发思乡情

　　这次共展出他的精品力作78件，每件都充满着一个情字。

与中书协理事、西泠印社理事、河南省书协副主席许雄志先生在课间合影

与中国书协篆刻委员会委员、篆刻家戴武先生合影

作品题材都来自他的家乡湖南，来自双峰农村，来自他所见、所思、所颤动的情感世界，每幅画都在讲述着一个故事。他把生命的喜怒哀乐，通过艺术表现出来，于是一下引起参观者的情感共鸣。

湖南驻广东商会会长刘征国先生看完画展激动地说："他的画使我回到了小时候，回到了美丽的故乡。"广州书画院副院长、国家一级画家杨福音动情地说："双峰人不一定能有这种情感，我们离开湖南久了的，或者是外地人，来看他的水彩画，就会充满着对双峰这个地方的一种情感。这种情感是一种文化情感，一种文化情结。"广东画院美术评论家陈迹，这位长期生活在广东这个特别商业性都市的年轻学者，面对浮躁的城里生活，又是一种感受："虽然我不在湖南，但小时候在田野、山地游玩过，让我们感到很亲切，在这样一个商业社会里，这种乡情画是很感人的。"

这些画"似曾相识燕归来"，使他们想起童年、故园，勾起他们心中封藏多年的情感故事，今天，他们的心灵好像得到一次慰藉，情感得到一次释放，不自觉地都感动了，这就是艺术的魅力。

中国文化凸显神韵

水彩画来源于西方，原创于英国。它是比油画更难的画种，油画可以涂改，水彩画不行，必须一步到位。再喜先生选择水彩，就是选择画种中的高难动作。他认为要完成这套高难动作，必须揉进中国功夫，加进中国文化元素，把西餐做出中国味，把中国文化带到水彩画中去，把水彩画带到中国画的境界中来。

当然，这是很不容易的。但，再喜先生在他的画笔、画题、画诗的探索中，取得了成功。水彩画本来是没有题的，更谈不上题诗了，他却把"想过好日子是要付出代价的"作为《日子》这幅画的题记，这句中国老话，饱含着老百姓的酸甜苦辣，他认为好，有哲理，有中国味。如此众多的题记，让大家十分看好。这在水彩画中是一个创造。因此，广东水彩画研究会副会长兼秘书长陆铎生评价说："把中国画的那种立意、取材、技巧很好地结合起来，是非常难得的，特别是中国画的那种意境非常难得；在表现技法里面，把中国画的立意很好地吸收过去，取得很好地效果，非常值得我们学习。"

所以，娄底市美协主席龙建国说："他把中国画的特点和水彩很好地结合起来，又保持了水彩画的氛围；色彩的组合，把握得非常的明快、轻松，很抒情。我的老师曾说过，颜色找准了，画就会很美。"

再喜的画确实很美。

国际接轨与怀斯比肩

再喜先生的画属于当代乡村写实主义流派，这是这次画展对他的画的最新解读。

"再喜在他的创作思想上面，走的是美国画家怀斯（1917年生，1996年去世，当代美国最著名的乡村写实主义画家）的道路。他给我讲过，怀

与著名书法家、篆刻家曾翔老师在结业作品前留影

斯是一个很值得学习的美国当代画家。他主张：细节永远是真实的。这种创作思路，对于当代文化来说，具有共同点，也就是说，当代的电影、文学、音乐、美术，无不走这条路。再喜在这方面有他独特的感悟，他的水彩画展，对我有很深的启发。"杨福音院长第一次把再喜先生的画放在国际大背景下来分析。再喜先生在这条道上默默探索着，今天，终于被大师们掀起她的盖头来。

他的文化来自中国，他的画题来自家乡，他的画风却与国际接轨。高级工艺美术师曾照欣对此说得更为明白具体："与美国的乡土画家怀斯比较起来，他没有你这个高度，他的技法对视觉有冲击力，但是他画的东西，胸怀没有你这么开阔，内容没有你这么多，情感没有你这么丰富。当然，怀斯的技法有他的独到之处，但你的技法也有独到的地方，你的情感领先，技法跟得上，国画技法用上了，西洋画的技法你也用上了，水彩画的多种技法你也用上了，我认真看你的每一幅画的表现手法都不一样，这是你在乡下几十年经营的结果，给我们带来的是一种高级的享受。"

这样看来，再喜不仅仅是双峰的画家了。他说，以后要把画展办到英国去，……，他这话是有底气的。

　　这次开幕式，领导和大师的光临，各大媒体的参与，众多参观者的热烈，加之岭南画派大师关山月的画展也同院展出，又偶合他65岁生日，再喜先生是别有的喜奋，别有的情怀，穿上那身红衬衫，人显得特别的"红"。

　　"文化准备得厚，准备得足，是一定要出人物的……"杨福音院长坚定的话音一直回响在我的耳边。

2008年11月14日于二未斋

读他的联乃人生一大快事

德培先生是个一见便不会忘记的人,不仅是他的外貌,还有他的丰富内涵和鲜明个性。

我是在李让成先生的《故土》里熟悉罗德培这个名字的。因为此书收了他为罗德培先生《楚跛联选》一书写的序言,介绍德培先生的联一出手,比红头文件还传得快,使我产生了拜访的念头。

认识罗德培先生,还得感谢一位老领导——他是双峰县原县委常委、宣传部部长,人大常委会原副主任,50年代湖南师范学院毕业的高才生,被称为双峰国学大师的贺戢黎,对知识分子非常尊重,和德培先生的关系十分融洽,于是我们相约去拜访。

他们经常一起推敲对联，有个故事后来被德培先生收入《楚跛联选》中：

无题

否极泰来，活命有低保；

天高地迥，扶杖看白云。

注：下联原为"夜阑人静，读书忘老残"，初颇自得，睡一觉，复审视，终觉酸腐，连改数日，莫衷一是。有日辰巳之间，彩初曾公来，乃求其代劳。有顷，公成。然只赏其上句，"天高地迥"；午后，贺戡黎兄至，复求诸伊，伊思片刻，续以"扶杖看白云"。有感于此联之作成经过，又占一联：有口难言五内意；无题一对三人联。

可见他作对联要求之高，往往"两句三年得，吟成泪眼对孤灯（《述怀》）"。对联难在对仗和平仄，而对联的高下却在意境。对仗平仄是基本功，意境才是作者器识和修养的反映。我发现他有傲骨而无傲气，不图虚名。此后，我们成了朋友。

读了他的《楚跛联选》，才算真正认识了他——一个豁达、直率、爱憎分明，具有高度艺术修养和鲜明个性的联语作家。他的联语顺手拈来，嬉笑怒骂皆成文章，贴近生活，贴近基层，贴近百姓，雅俗共赏。读他的联，乃人生一大快事。不信，你一读便知：

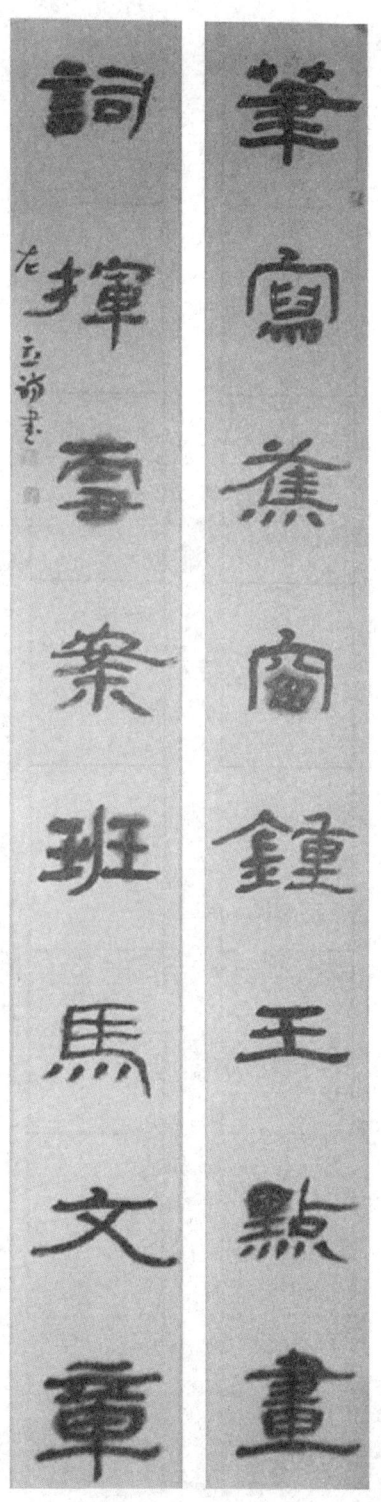

大难余生，避席畏闻文字狱；
小摊糊口，从今学读算盘书。
——1980年小店开业自侃

诙谐中有点鼻酸。

程老师、龚老师、李老师，三师会审疑难句；
高凳子、矮凳子、烂凳子，诸子大全陋室春。
——陋室记事

艰苦中不乏浪漫。

你的神圣职责——开会；
你的伟大使命——举手。
——马虎不得（贺表侄孙举人大代表）

嬉笑中饱含鞭策。

……

最见功力是曾公彩初先生逝世那一天。他自己为"挽彩初曾夫子"连撰三联，受托代笔又撰九联，还为其他送联者修改审定十几联，无一联重复和疏漏，且各见风采。而他精不散神不疲，真是佩服，可见功夫了得。

他挽的三联：

之一

苦难平生，常蒙提携，上下共求索，风仪康梁师友；
沉浮一梦，追思无休，丹青犹未干，修篁落月屋梁。

之二

由良师而成诤友，是耶非耶，犹须商榷；

执己见以论文章，爱我罪我，公已无言。

之三

为时而作，为事而作，大哉器识白司马！

说亦文章，菊亦文章，可乎终年小放牛？

我们不难读出他们亦师亦友又各有己见的非同寻常的胸襟和情怀，也不难看出作者对联水平之高境。

德培先生国学深厚，且笔墨紧随时代，诗词格律，新诗杂文都有成就，然我窃喜他的联语。

他的楚跋丛书《世象漫话》韵文辑又出版了，是为序。

2011年7月1日晚于诗吟墨象工作室

为双峰县湾田学校书校门联

请到双峰看雪松

冬天，请到双峰看雪松，那纯净、那高洁、那壮观，一定会使你心动，因为很美。当然，我这里说的是青年画家王雪松，他的画也像他的名字一样——美。

名人产生的影响力是巨大而深远的。双峰因出了花鸟画大师王憨山而掀起了一股书画热，这股热因"文革"10年的沉寂尤显珍贵。他为双峰、娄底乃至湖南起了开先河的作用，北京城也不得不感到一股大风来了。他不仅为基层民众进行了一次书画审美的启蒙教育，更使一批草根书画家看到了希望。他就像一面旗帜招引着无数人，影响着一个地区，一个家族。雪松，这位憨山大师的二儿子就是其中之一,从小就耳濡目染,学着写字画画,享受着"研究生"的待遇。

名人之后自有名人之后的优越,也自有名人之后的艰辛。从小就受到正规的教育,年轻时就能在一流的艺术大师中游走,这是同辈们不能奢望的。然而,中途辍学,不能一口气受完高等教育,正是求学的黄金年华,却只能去田间地头干农活,去外地城市打工,靠卖苦力求生存,这种艰辛并不是同辈们都尝过的。当然,这些都成了雪松的资本,再次印证了中国的一句老话:吃得菜根,百事可成。

雪松画的是中国画,对山水、花鸟都有涉猎,他总是从写生和临摹开始,写生即向自然学习,临摹是向前辈学习,从不信手涂鸦,必须是有素材有思想才创作,这就注定他的作品有内涵。"外师造化,中得心源"这是对一个艺术家的基本要求,也是一个艺术家必备的基本素质。不仅要向大自然学习,而且要善于思考;从自然中去感悟,从思考中去提高。雪松特别注重写生和思考,也就具备成为艺术家的基本素质,这就注定他要成功。

前年,雪松在广州美院进修一年,系统全面的学习使他快速得到升华。去年,他把多年的画作和进修期间所作之画精选后结成一集,由中国书画出版社出了第一本画集,还在湖南师大美术学院成功举办了

与韩国美术协会顾问、韩国篆刻学会名誉会长、大韩民国国玺制作者、西泠印社社员吕元九先生合影

一个展览,这是他阶段性成果的一个展示,反响很好。今年,又在醴陵瓷艺堂画瓷器,他的画画在各种不同器型的瓷器上,不仅相得益彰而且很有情趣,我一看,真是大开眼界。

他的一件栗子瓶青花山水《富在深山有远客》瓷画,我把玩了好久,在一片青山环绕、绿树掩映之中,我们能看到小桥、流水、人家,它们那样和谐安逸,就像一个世外桃源,我们恨不能乐居其中,此种意境不能为外人道也。特别是几只大雁从天际飞来,打破了山里的宁静,像远方的客人,带来了山外世界的信息。这是画家给我们营造的理想的栖息之所,让元青花的遗韵,使你远离浮躁和喧嚣,欣赏这样的画能净化你的心灵。

我还见过他几幅工笔临摹画,那葡萄那荔枝、那百合那牡丹、那翠鸟那蜻蜓,就像真的一样;那线条的精准、那设色的活现,使你不得不佩服他的功力。所以,我说他的画已具风规,将成大器。

广州美院赵春恒老师是这样评价他的画的:"朴实淳厚、意象生

动，极承乃父遗风神韵"；湖南美协主席朱训德说他的画见"苍润与灵性之光"；湖南省政协副主席、省文联主席谭仲池评他："自然诗书入画境，梦里乡情接先人"；中国博物馆学会会员谭剑翔、谢琰为他撰文说："朴拙之中更透出清新与浪漫"；齐白石纪念馆馆长王志坚也曾寄语："雪松在金秋的季节里收获着憨实的果实，畅想着未来，这是他所从事艺术而迈出的第一步……"我想，在如此好评面前，雪松一定不会忘记他父亲的遗训："二分写字，二分画画，六分读书，做到功夫在画外。"雪松是一个自强不息、谦虚好学的人，他一定会有新的更高的目标。

　　经得住风霜，必能傲立于林，所以，我对雪松有更多的期盼！

2011年11月2日于得车楼

闲来写字最可人

大江东去，浪淘尽、千古风流人物。故垒西边，人道是、三国周郎赤壁。乱石穿空，惊涛裂岸，卷起千堆雪。江山如画，一时多少豪杰。 遥想公瑾当年，小乔初嫁了，雄姿英发。羽扇纶巾，谈笑间、樯橹灰飞烟灭。故国神游，多情应笑我，早生华发。人间如梦，一樽还酹江月。

老夫聊发少年狂，左牵黄，右擎苍，锦帽貂裘，千骑卷平冈。为报倾城随太守，亲射虎，看孙郎。 酒酣胸胆尚开张，鬓微霜，又何妨。持节云中，何日遣冯唐。会挽雕弓如满月，西北望，射天狼。

苏东坡词二首　　山水楼樊石汕

随着社会的发展和进步，特别是双休日、节日长假的推行，人们休闲的时间越来越多。于是，人们在纷纷寻找各自喜爱的休闲方式，有的栽花种草，有的唱歌跳舞，有的练拳习剑，有的探险旅游，等等。然而，休闲的方式千万种，我独爱写字这一种。为什么呢？

写字可以促进学习。只有多读书、多临帖，才能写好字。有一位爱好书法的老同志曾说：我原来打算退休后要花三五年的时间，把书法好好搞通一下，现在看来，这一辈子也搞不通了，太博大精深了。书法这东西确实是这样，只有更好，没有最好，所谓艺无止境，就是这个意思。所以，能促进你学习，学习，再学习。

写字可以锻炼身体。这是一项脑体结合的运动，既有喜怒哀乐的情感变化，又有四肢五官的协调动作，有时静如止水，有时动若惊鸿，莫说延年益寿，强身健体的作用是有的，什么神经官能症、什么肩周炎等小毛病都会不治而愈。

和李纪武（右）、王天伦（中）同学在西安碑林参观留影

写字可以怡养性情。写字追求完美，需要静，久之，那种浮躁的急功性就会自然去掉些，慢慢变得平和而有耐性。因为浮躁急功，笔弄坏了，纸搞破了，还是写不出好字，必须耐着性子，按规矩一笔一画慢慢来写才行，这就渐渐养成了一种一丝不苟、止于至善的习惯，字才能逐渐好起来，性情也会跟着好起来。

写字可以广交朋友。书画界的朋友，一般素质高，知书识礼，可为你形成一种"谈笑有鸿儒，往来无白丁"的超凡脱俗的生活氛围。没有书法，就没有那么多砥砺共进的朋友，就没有那么多有趣的书法之旅，人生也就少了很多欢乐和意义。

写字还可以回报社会。字写好了，可为大家写写春联呀，为年轻人写写婚联呀，为乔迁新房的写点什么补补壁呀，为单位写写通知、公告呀，还可以参加各种书法交流展览活动呀，为精神文明建设做贡献，促进文化的大发展大繁荣。

可人的方面还多着呢……

2009年3月6日于二未斋

选帖如同找伴侣

常听到一些书家谈体会，说苦练了多少年，没有什么起色，突然有一天，碰见一块什么碑帖，便一见钟情，相见恨晚，书法从此剖破藩篱，成就了自家风格，成了一代大家。

历史上确有这样的先例。一通《祀三公山碑》使齐白石的书法、印章获得了新面目，成为一代大师；斑驳陆离的《石鼓》使吴昌硕书风、印风大变，成为一代巨匠；张海在谈到选帖体会时说:《封龙山碑》使他有了新的起点，出乎意料的是，他"在其他碑帖上用十分力气才能得到的感觉和体会，在《封龙山碑》上仅用三分就得到了"。

我也苦苦探求了好多年，希望有一天也能碰到一块属于我的那块碑帖。所以，不惜花重金购买成百上千种碑帖，甚至到国外搜寻，以求从中找到这块"神碑"。然而都如泥牛入海，使我陷入深深的困惑之中，到底哪一天我才能

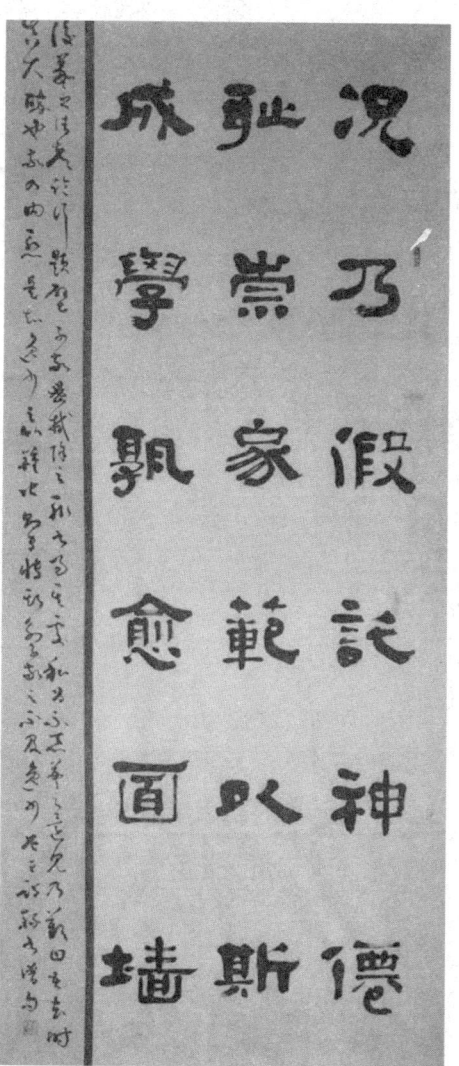

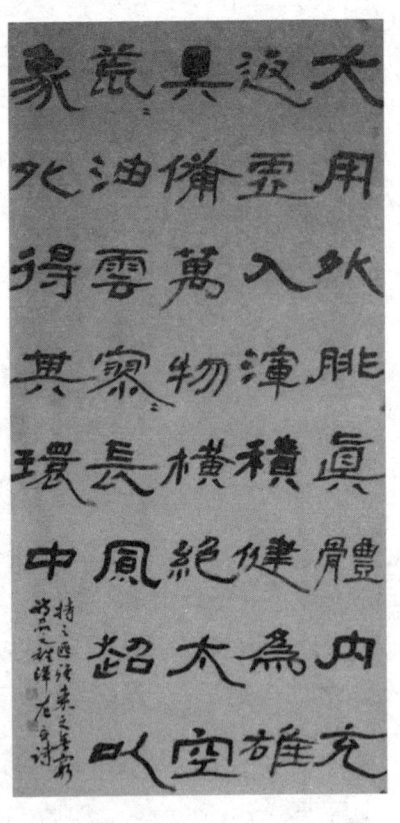

像他们一样碰到那块心仪已久的碑帖,省却我长期的临习之苦而成就我的书法梦呢?

学习探索的时间长了,就会有新的体会。

其实,并没有那么简单,他们也并不是一蹴而就的,而是经过了长期的过程。选帖的过程,就是读帖的过程、临帖的过程、思索的过程、进步的过程,这个过程是不可逾越的。

选帖可分为初选和终选。初选解决书写技巧问题,终选解决创作风格问题。初选必须格调高、法度严、字迹清、字数多、不违己意;终选必须取法乎上、不与人同、性情相和、能力所及。选定一块帖,要能回答几个为什么,因为,选帖就像找伴侣,她是你的至爱和终生依托。有人说帖选对了,书法也就成功了一半,不是没有一点道理。

我选《礼器碑》作为临帖,是因为此碑用笔方圆兼备、瘦劲如铁、变化若龙,结体一字一奇、寓奇险于平正、寓疏秀于严整,书风方正秀丽兼而有之。只有它能纠正我从前书写中的许多积习,培养出一种高古文雅之气。以后,或从某一简帛出,或从某一碑帖出,过渡都会非常自然,也有利于向其他各种书体发展。

当然,可从一块碑入,同一块碑出;可从这块碑入,另一块碑出;也可从多块碑入,从多块碑出，入和出是相辅相成的。就像吃面包，只有前面的吃得好，才有最后一个吃得饱。所以，我们千万不要只寄希望于最后一个面包——"神碑"的过早出现，因为，她如犹抱琵琶半遮面的新娘，须千呼万唤始出来。

美色不同，各佳于目，这大概如同谈朋友，前面谈了许多许多，见了许多，虽然没有敲定一个，然而，见千剑而后识器，操千曲而后知音，见得多了，择偶的标准便渐渐清楚了，哪一个真能拨动自己心弦，就能把握准了。

由此可见，帖是在许多的选择中选定的。

能选好帖了，也就说明你见习广了，临习多了，修养深了，"出彩"也就成为自然的事了。

浮草楼谭艺 >>>

怎样与古人进行书法对话

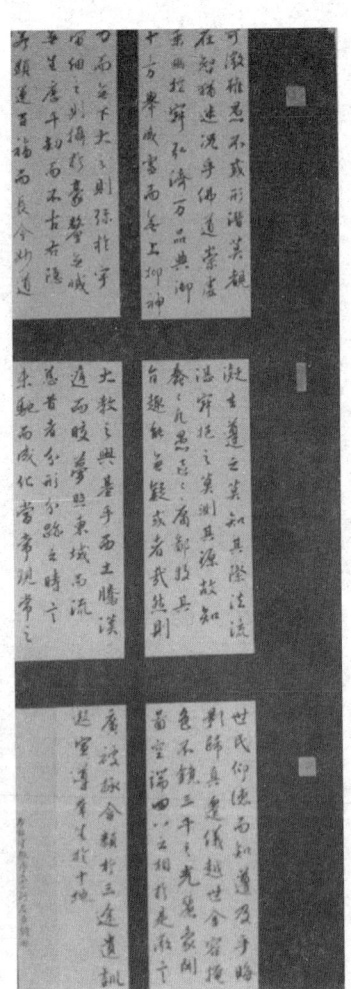

学书法必须向古代书家学习，这已成定论。然而，他们已经作古，不可言传身教了，怎样向他们学习，与他们对话呢？

与法帖对话。通过解读法帖，了解古人的用笔和结体，了解古人的布局和谋篇，即了解古人的书写习惯。我们临摹法帖的过程就是与古人对话的过程，通过这个过程去掉我们不好的书写习惯，吸收古人好的书写习惯。

与书论对话。我们必须了解书法家和他的书法理论，他是一个怎样的人，他有一些什么理论观点。我们不了解颜真卿的为人，绝不能理解他书法的"正大"；我们不了解王羲之的"放浪形骸",绝不能理解他书法的"潇洒"。什么人写什么字,这就是所谓"字如其人"。只有通过这个过程,才能了解到古人书法骨子里的东西。

与情景对话。任何一块碑帖的产生都有它特殊的环境和背景。只有流觞曲水、惠风和畅,才有《兰亭》的闲适之笔;只有东坡雪堂,才有《寒食诗帖》的典雅酣畅;只有侄儿季明的惨烈悲壮,才有《祭侄文稿》笔墨的气愤激昂。书法艺术是特殊情景下的产物,是不可复制的,了解这些就会加深对书法精神的理解。

与历史对话。不同的历史时代有不同的书法形态和书法风格。甲骨、金鼎、小篆、隶书、草书、楷书、行书,书法形态随着历史的发展不断进化。同一种书体,晋人尚韵,唐人尚法,宋人尚意,明清尚气,今人尚趣,时代不同书风也不一样。书法有着时代的烙印,不了解那个时代的历史,就不能读懂那个时代的书法。

通过这几条路径,我们能找到一个活着的古代书家,他,会告诉我们许多……

浮車樓譚藝 >>>

临清龚贤册页之一

临宋董源《龙宿郊民图》

我也玩字号

古人对自己的姓、名、字、号非常讲究，且喜欢给自己的住所或书房起个斋号什么的。

开始认为这些人是故弄玄虚，多此一举。随着年岁的增长，发现这其中还有不少学问。当年，苏轼被贬黄州，在城的东面坡地上得到一废圃，在其中筑一草堂，因在大雪中落成，故名"东坡雪堂"，并自号"东坡居士"，这就是苏轼号的由来，且字号斋号合二为一。在这里，他不仅度过了"空庖煮寒菜，破灶烧湿苇"凄风苦雨的艰难岁月，而且写下了"苏书第一"流传千古的《寒食诗帖》。我们仿佛看到苏轼站在漫天风雪的坡地上那苦涩的一笑，这形象将留在我们的记忆里，包括与之相关的历史和文化。通过这号，加深了我们对主人的喜怒哀乐和人生意趣的了解。

现代很多人也有这个爱好，大到领袖小到百姓，也喜欢取个字号斋号。如毛泽东，姓毛，名泽东，字润之，少时号石三伢子，斋号丰泽园。又如齐白石，姓齐，初名纯

与韩国KBS电视台真品名品鉴定委员、韩国书画教育协会理事长金善源先生合影

芝,又呼阿芝,号渭清,又改号兰亭,成年后改名璜,号白石、老萍、三百石印富翁、湘上老农、借山吟馆主等,几十个不一而足。

一般情况下,姓是祖传的,不可改;名字是父母长辈们取的,当然,也有自取的;字大都是名的意义的诠释或延伸,如泽——润、纯——白;字号斋号比较随意,既可自取也可请人取。字号斋号之所以有趣,是因为它丰富的内涵。

或为附庸风雅,或为提高自己的文化品位,我也取几个玩玩。

进入不惑之年,应是人生如日中天的时期,而我却已感暮气袭来,回顾这半截人生,可用"无为"二字最恰当不过了,虽有一点伤感,然而读曾国藩"男儿未盖棺,进取谁能料"的告诫和老子"无为而无不为"的格言,这"无为"也还包含着希望,"无为"就这样成了我的第一个斋名。近年翻看了一些曾国藩的东西,如果说毛主席的哲学是斗争的哲学,那么曾国藩的哲学就是求阙的哲学。曾氏认为凡事不宜太满太过,才能持盈保泰,达到"花未全开月未圆"的理想境界。我特别欣赏他这"二未"的审美追求,所以,我又成了"二未斋"主。前几年奉调县城,无处安身,恰巨龙家园有房预售,老板拿两辆小车摸奖促销,不料被我摸着一辆。众人哗然,曰:他从来不摸奖,怎么让他摸着了呢?有

与韩国杂志协会、专门新闻协会、东洋艺术协会理事、韩国兰亭笔会顾问崔光烈先生合影

人答道：他总是踏实做事，从没有非分之想，上帝也有眷顾的时候，这也许就叫"厚德载物"吧。感谢上帝，我又成了"得车楼"主人了。

过了知天命，进入"公"字辈了。年岁长了，但志不能短，想到自己的名，还没有个字，不觉有点寒酸，于是想到要有一个字。思来想去，古有"诗言志"语，正合我意，那就字"言志"，号"言志公"吧。人家说玩物丧志，我却来个玩物长志如何？五十多了，是该长志的时候了，迟是迟了点，总比没有好啊。如果人生一百，也还正在半途呢！

近些年，书法兴趣越来越浓，那名家的作品上，不仅有姓名印，而且还有字号斋号等印，真是漂亮，令人羡慕。我是否也能像他们一样美一回呢？是的，这回我的那些字号斋号可派上用场了。于是，也请几位篆刻家，把姓名和字号斋号，当然还包括什么"沧溟（左氏郡脚）左氏""胜云（旧居地名）堂主""立于礼，兴于诗，成于书（《论语》句化出——立诗书）"等等，刻成印章，根据作品的内容、形制和大小，把它们分别用在合适的位置，让人品读。还真有人感兴趣，有的还打电话来问个究竟呢？有人说你的字又上了一个台阶，够档次了，其实那几枚印也帮了不少忙。

看来，特别对一个书画爱好者，取几个字号斋号玩玩，不仅有趣，而且实用，它不仅记录着人生，同时也丰富着人生，蕴含着别样的文化意趣。

2010年春节于得车楼

学书随记

中国书协培训中心，在这里，你既可领略到书法艺术的博大精深，也可领略到各种书法思潮互相碰撞所带来的精彩。一股无名的力量会推着你进步，你可能不知道这个力量来自何方，也许这就叫作气场或氛围吧！

读好书，做好人

这里不仅有小课辅导，还有大课讲座。

讲座的老师是来自全国各地的各路高手，他们往往能把一些深奥的道理，用一两句话表达得淋漓尽致，既诙谐幽默，又通俗易懂，如醍醐灌顶。

"读书的人能写字，杀猪的人也能写字，读书人没有杀猪人的胆气，杀猪人没有读书人的文气，各有所长。"书协教委主任、培训中心教授齐作声的话获得一片笑声，他认为书法必须走下神坛，走向大众，一下子消除了大家对书法的神秘感。

北大著名国学教授张辛说："书

法好坏就两条，一看它文不文，二看它古不古。"他对书法里的文化和传统看得比什么都重要。

"书法不是写出来的，而是文化涵养出来的。"中国书协副主席兼秘书长赵长青特别强调文化的修为。

和中国书法家协会培训中心教授李双阳先生合影

我的导师张继更是风趣："一天不临帖自己知道，二天不临帖朋友知道，三天不临帖地球人都知道。""临帖就像赚钱，创作就像花钱。"不赚钱哪有钱花呢？所以对于一个书法家，临帖是一辈子的功课。

书法家闵荫南教授严肃地指出："谁能把人做好，把书读好，谁就是最好的书家。"做人、读书、写字三者，在一般人眼里毫不相干，然而，在他眼里竟然这样重要和不可分离，不得不让你深省。

幸运的，总是幸运

选帖其实是一件难事，什么方笔与圆笔、外拓与内擫、挺劲与丰腴等等，每帖都有各自的特点，笔法和结体都不一样，导师与我讨论三天都没有达成共识。因为，我以前临得很乱，见帖就写，没有取舍。几天思来想去，忽然感到《礼器碑》对口味，于是，再次与导师商定选帖。"它有汉隶第一之称，好！就这样定了，开始写吧。"这次导师表态同意我临习《礼器碑》。

帖是选好了，但要坚持下去写出成效来却不容易。

一个意念突然涌上心头："请老师题个词吧！"因为，从小就是老师的话管用，不然又会见异思迁。可是，导师在第一堂课就讲过，他只会给我们示范辅导，不会给我们题词写作品，更不会落款钤印。一时兴起，竟把老师这句话忘记了。但话已出口，不知如何收回。没想到，导师竟然没有拒绝。不过，他对全班学员说："我只给他题一个，你们下不为例啊！"他想了想，提起笔，又问我写什么呢？我说："写'立于礼，兴于诗'行不？""你有什么含义吗？"导师若有所思地问。我说："这是《论语》里的话，里面隐含《礼器碑》和我的名字呢！"于是，六个漂亮隶书字题在我的新帖扉页上。然后，对我说："你还蛮有水平嘛！"这时，真有点受宠若惊的感觉。

培训中心主任刘文华教授，这位书法家，全国书协的"总教头"，非常看好我的学习热情，在教务繁忙之余书赠"与古为徒"鞭策我，并和我开玩笑说："湖南"不能"胡来"呀！嘱咐多向古人学习。

特别有一次，导师竟然将题有"妙笔生花"四个大字的他的作品集送我，使我惊喜伴着惶恐。我知道这四个字的含义和分量，这既是祝福，又是激励，更是厚望！这是老师给学生的最高礼遇，我真的很幸运！

磨镜台，书法始悟道

"'授人以鱼'不如'授人以渔'"，导师说，"书法的最高境界是什么？是自然！如果还有什么不懂，那你就到大自然中去领悟，行万里路读万卷书，这就叫'道法自然'，这，也就是我给你们的真传了！"原来，他几次带我们走出书斋，到王铎故居、玄奘故里、龙门石窟和南岳衡山等名山圣地去感受自然和历史文化，就是这个用意啊！

南岳"磨镜台"是个有故事的地方。

佛教传入中国后，形成南北两宗。北宗认为，只有打坐、念经、持戒才能成佛。南宗则主张不坐禅，不念经，不持戒，我心即佛。信仰南宗的怀和尚和信仰北宗的马和尚同在南岳修禅，怀和尚传授顿悟佛法，马和尚则天天在庵中打坐，甚至几天不吃不动，以显示自己的功力。怀和尚见马和尚这样，便带着一块青砖来到马和尚庵旁磨起来。马和尚开始并不在意，还是专心打坐，可时间久了，忍不住问："大师磨砖干什么？"怀和尚答道："作镜。"马和尚感到奇怪，又问："磨砖岂能成镜？"怀和尚不答，却反问："你坐禅干吗？"马和尚道："成佛。"怀和尚笑了一笑，说道："磨砖不能成镜，坐禅又岂能成佛！"马和尚觉得怀和尚的话里藏有很深的禅机，遂拜怀和尚为师，终于顿悟成佛。

这时，我似有所悟，跟导师边游边说："这里告诉我们，不用心思的重复书写是没有意义的。写字不在心里头流过，那是白写，那是一个程式，不会有内容的。书，不是用笔写出来的，而是用心写出来的。书，心迹也，我心即书。"导师听后，示意我继续说下去："学习书法就是要有玄奘取经的毅力，王铎自化的神笔，龙门烂漫的风格，南

张继老师指导书法创作

岳佛道两教同尊共荣的包容精神！"有了导师的鼓励，我更放胆了。导师听完，点头笑了笑："你算领悟到了书法的真谛，这次学习你没有白来！"

导师真用心！原来他是在用"磨镜悟禅"法给我们传道啊！

"盘点过去，分析现在，设计未来。"想起我的学习任务和目的。过去是一点兴趣，现在是一半清醒一半醉，未来呢？我似乎懂了：书法是漫漫长途，只有跋涉，没有终点；书法是没有标尺的艺术，没有最好，只有更好。书法，我对你还能说什么呢？只有诗言志：

爱好从小未曾忘，兴至如今情愈浓。
中外为寻解心悬，追梦求真来京城。
而今幸得东风面，磨镜一悟道乃通。
半山再作攀登上，直到顶儿唱大风。

2010年夏于得车楼

北京找"北"
——中国书法院学习感怀

一

为了一个梦，从江南来到北国
于是有个身影在京东徘徊
秋初的爽朗迎着他
走进了中国书法院
行囊安放在小区冶金天元
清晨跑步迎着鲜活的太阳
傍晚踏着佳木斯健身操欢快的舞曲
思绪随着旋律一起飞扬

二

梦中的那个"北"
要在这里寻找
一个晚上
又一个晚上
抬眼望，天茫茫
眺望着北方，那无垠的天边
却不见北斗模样
彷徨，还有惆怅

向管峻院长敬酒并报告学习情况

中国书法院教授、美术学博士陈忠康老师临帖示范

问问种地的老农
说是因为有雾霾
问问当地的居民
说那是电灯太亮
问问地质老工人
老人不语，指了指天边上
难道真找不到"北"了吗

三

既要仰望星空
还得脚踏实地
点、线、面，提、按、转
湿、干、枯，浑、方、圆
对立统一永远演绎着汉字书写的神奇
真、草、行
写、刻、画
十八般武艺互相生发传承艺术的璀璨
南北对撞
思想金花四溅
东西交融
碑帖秘籍再传
前贤如群星灿烂
后学乃精彩无限
如饥似渴
就像吸着母亲的乳汁
正能量使他的精神是那样的饱满

与中国艺术研究院中国画院研究员刘彦水先生合影

与历史学博士、中央美院中国画院教授、中国书法院研究员刘彦湖老师合影

四

求索

寻找

沉思着那个"北"字的一笔一画

好似醍醐灌顶

一竖教你堂堂正正站直做人

一横叫你无论做什么都要把心放平

一提要你永远向上

竖弯勾告诉你生活道路的曲折

那一撇才是人生最后的精彩潇洒

五

又是一个晚上

和风轻轻吹过

即将告别这古老的京东

蓦然回首

北斗挂在了天幕上

这把永远舀不干银河的勺子

就像求知的人永远吸不干知识的海洋

想着那梦里的"北"

此时

北极星也露出了笑容……

2014年夏于京东燕郊

书法之旅散记

我第一次迈出国门，竟是一次书法之旅——应省书协之邀赴韩国首尔参加世界书法文化艺术大展，进行书法文化艺术交流活动。

我们的书法作品和来自美国、新加坡等11个国家的作品同时在韩国艺术殿堂书艺博物馆展出。韩方非常重视这次活动，韩国国会议长、政府有关官员、艺术界名流等都参加了开幕式剪彩，并参观了全部展览。我国驻韩大使馆文化参赞朱英杰先生等全程参加了我们的活动。

各国艺术家们对这次活动给予了很高的评价。世界文化艺术发展中心会长李武镐先生充满激情地说："我们是同乘书法文化大舟的文人，带着四海一家的梦想，向着世界航行，这种期待让我心潮澎湃。"新加坡狮城书法篆印会主席丘程光先生对汉字书法情有独钟，他说："汉字书法艺术结合文学艺术的进一步升华，为全人类提供了一种独有的艺术门类，而深受世人的宝爱，

与驻韩国大使馆文化参赞朱英杰先生在韩国书法展览会上

希望为和谐世界做出贡献。"马来西亚砂拉越鹅江诗书协会会长陈立惠先生对这次展览进行了全面的评介："此回参展者有来自东西半球十余国的名家,展出的字体包括真行草隶篆,尚有韩国字书法,真是美不胜收。"

最惹我注意的是仅书"忠孝"两个大字的一件作品,落款是金泳三,他,韩国第十四任总统,难怪书法和文意结合得如此完美。然而,今天却是以一个普通公民的身份参加这次书艺活动的。吸引我的不仅是他十足的中国书法味,更是他的伦理文化。韩国是礼仪之邦,孔孟之道在这里根深蒂固。我们不管是从影视中,还是从实际接触中都会感到,用这两个字来概括韩国伦理文化的核心是最恰当不过的了。

这次活动的主要组织者是韩国的李武镐先生。他是一个德艺双馨的老艺术家,为中韩书法文化艺术交流做过很多有益的工作。为了感谢他,我把"厚德载福"四字条幅赠送给他,他愉快地接受并和我合影留念。在第二天的笔会上,他特意

赠韩国书法家李武镐先生"厚德载福"书作

赠驻韩书法家叶欣先生"天涯比邻"书作

用大篆写了"乐在人和"四个苍劲有力的大字横幅赠予我。我一看这四个字，就被感动了，因为，我一直把"和乐"当作人生价值的最高取向。在短短的几天里，他怎么能如此深刻地了解我的心向和最爱呢？令我钦佩不已。于是，我们再次合影，凝固着这令人永远回忆的美好时刻。

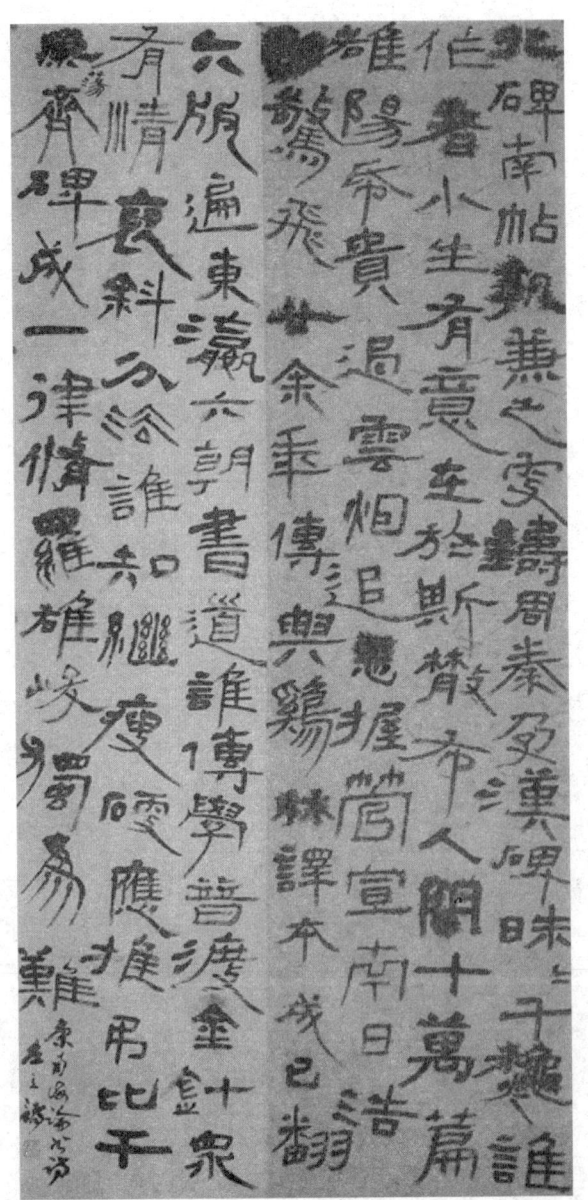

这次活动的中韩联络人是中国驻韩大使馆中国文化中心理事、国际书协秘书长叶欣先生。他在韩国许多年了，既对中国传统书法文化艺术有着很深的研究，同时，对世界书法文化艺术的潮流也是了如指掌。这位文化使者向我们介绍了很多的新观念，有两点我印象很深：

一是要把书法当作画来看。书是书，画是画，是两回事，一般人都会这样认为。然而，书画同源，中国的汉字最初是象形文字，字即画，画即字，它们是一体的。特别是现在，汉字的书写实用功能在逐渐减弱，而艺术欣赏功能在逐渐增强，把书法当作画来看不是毫无根据的，这可谓一种新理念。

二是唐楷不要再练了。唐

楷是我国楷书发展的巅峰，法度最为森严，中国历代四大楷家，唐朝占了三家，千百年来，习书者都把唐楷当作入门的第一课。然而，唐楷是从哪里来的呢？来自三国、两晋、南北朝嘛，那才是楷书的上游。为什么取圣火，要到青藏高原去取呢？因为那是离太阳最近的地方。书法也同样，取法要高古，唐楷已开发了千多年了，基本上没有空间了，现从它的上游再开发一片新天地，这是很必要的，这又是一种新观念。

书法既是一门古老的艺术，又是一门需要创新的艺术，传统是根，是本，创新是花，是果。于是，我在笔会上，写了"与古为徒 推陈出新"八个大字，与韩国书友共勉，同时也表达了我的书法心志。

中国书法，韩国叫"书艺"，日本叫"书道"，它们都是借助汉字书法产生的，由于它蕴含着深刻的哲学思想，具有欣赏和修心养性的功效，在世界上产生了广泛的影响，涌现出很多的书法组织，有的爱好者倾其一生，研究中国书法艺术，使中国书法成了世界人民的共同文化财富。

这次大展，东道主韩国的作品占了绝大部分。不仅有汉文书法，还有韩文书法；不仅有篆印，还有画；不仅出了作品集，还举行了颁奖仪式。奖项不仅设了议长赏、部长赏、院长赏、理事长赏等，还设了

六十初度同夫人陈翼翼游岚山赏丹霞

金赏、银赏、铜赏等。他们叫赏,我们叫奖。精彩纷呈,热闹极了。虽然我不懂他们的语言文字,但从他们的热情和笑容能看出,书法好像就是他们的固有和至爱。他们有的作品明显超过了我们的水平,令我好生嫉妒和欣喜。

  书法热正在国内外兴起;书法正在经历着一场变革;随着文化交流的不断深入,世界各国和人民的友谊将会越来越深厚绵长——这是我的亲历感受。

  太短了,时间真的太短了。我还没有来得及感受你——汉江,女人一般的温柔。汉江,我会再来的……

2007年6月于无为斋

侃　山

　　我生于山，长于山；我爱山，更爱爬山。我的家就在大山深处，我也在一个群山环抱的小山镇供职，是山的滋养使我对山情有独钟。

　　久居蜗室想得一分舒展，超负荷工作想得一刻悠闲，爬山便是最好的去处。当你踏上那白云生处不知去的幽径，来到那清静的山寺，闻着那沁人的檀香，看着那打坐的老僧，佛风吹来，不免浑身一颤，像来到了另一世界，只觉得心肺如洗，脑筋如换，一时宠辱皆忘，不知其形。把酒临风，你会想，人间不要那么喧嚣，人活着不要那么累。原来，冷眼看世界，似有一种特别的理念与清醒。

　　有时会碰到困难，有时不免有些失意，你只要仰天大笑出门去，来到"抬头见红日，俯首白云低，只有天在上，更无山与齐"的境界，你会沐浴着一种"登东山而小鲁，登泰山而小天下"的君子德风。这时"地到无边天作界，山攀绝顶我为峰"，一种"吾辈岂是蓬蒿人，天生我材必有用"的豪气便油然而生。什么困难、失意，只不过从这峰爬向更高峰的阶梯。

人过不惑，爬到半山，此时力不如前，苟且之心顿生，想停下歇息时，半山亭一联"但到半途须努力，欲攀绝顶莫辞劳"就会撞入你的眼帘，你不敢停却，只好勇往直前，又去追求那险峰上的无限风光。

看到那汲汲于富贵，戚戚于贫贱，追逐名利而忘大义的世风，你的心也蠢蠢然时，山的稳重、厚道、滋生万物而无所求的精神，使你想起鲁迅先生所说的中华民族的"脊梁"，你的胸就会挺起来，头就会傲起来，去做一个"富贵不能淫，贫贱不能移"的堂堂正正的伟丈夫。

人各有志，人生路也不同，犹如爬山：有望而却步者，有奋勇直前者，有半途而废者，有知难而进者，有同路不同心者，有同心不同路者，有被人挽者，

与省书协原秘书长、湖南书法代表团团长杨远征在韩国首尔青瓦台前留影

有搀扶人者，有叹息者，有高歌者……大千世界就是如此。担大任叫出山，跳出农门谓走出大山，山民则是靠山吃山，……成者靠山，败者归山……不管是哲人圣贤，还是凡夫俗子，似乎与山都有不解之缘。

夫子云：仁者乐山。夫子又云：仁者爱人，仁者寿。

但愿乐山的人们寿如山。

2000年1月于井字镇安居楼

羊祜今何在 且看大风来

羊祜，西晋时人，曾任尚书左仆射兼荆州都督。一次，他面奏皇帝司马炎，说右将军杜预是个人才，可以重任，奏毕就将奏稿烧了，皇上当时不解其意。后来，羊祜病危，皇帝亲往探视，羊祜喊退左右，再次秘密推荐杜预。司马炎问："举善荐贤，乃美事也，你为何怕人知道呢？"羊祜答："拜官公朝，谢恩私门，臣不取也。"这时，司马炎才恍然大悟。

此时，我想起了孟浩然《与诸子登岘山》里的诗句"羊公碑字在，读罢泪沾襟。"孟生于盛唐，早年有志用世，但仕途困顿，终生未得志，痛苦

与南京大学山水画家赵秦教授合影

与南京师范大学书法系主任、教授、博导王继安先生合影

失望后，自然怀念羊祜这位举善荐贤的前贤，面对羊公碑，想到自己空有抱负而无所作为，不觉悲从中来，禁不住眼泪沾湿了衣襟。孟是封建社会一位很自重，坚持操守的人，不媚世俗，以隐士终身，最后成为一位著名的诗人。

"拜官公朝，谢恩私门"虽是封建社会官场产生的一种腐败现象，但其遗风今天依然存在，且势头不减。为国选人，本是公平、公正、公开的大公事，但今天在某些领导身上却变成了个人得利的大私事。一方面领导把推荐提拔的人当作私有财产和政治资本，结党营私，广植党羽；另一方面，被推荐提拔的人则把提拔者视为"大树""靠山"，一呼即应，死心跟随；于是双方互认是一派的，一边的，一线的，无原则地抱在一起，追求所谓的一荣俱荣，一损俱损，表面上看来一团和气，其实却是一种极不正常的"团团伙伙"。

党中央反复强调要用好的作风选人，选作风好的人，尤其是最近出台的《党政领导干部选拔任用工作条例》，更为我们选人用人提供了一把尺子，其中的各项制度犹如一股新风，只要我们把这股新风和羊祜的古风结合起来，就会并且一定会在识人选人用人上形成一股公开、公平、公正的清风。

羊祜今何在，且看大风来。

2002年10月于井字镇安居楼

从阿大夫的下场所想到的……

战国时，齐威王的左右大臣，都称赞阿大夫，而贬低即墨大夫。为此，威王秘密派人到二地进行调查，并召阿、墨二守入朝，大集群臣，大行奖罚。文武大臣朝见完毕，威王对即墨大夫说："从你到即墨任职起，每天都有人说你的坏话，我派人到即墨去调查，看到的却是田野开辟，人民丰衣足食，一片繁荣安宁的景象。"接着对阿大夫说："从你镇守阿地以来，每天都有人赞美你，我派人到阿地考察，看到的却是没有开垦的田野和人民贫苦的生活，一片乱糟糟的样子。"当即，威王赏封即墨大夫一万户食邑，而用烹刑煮杀了阿大夫。又对平时说阿好墨坏的近臣十余人说:"我把你们当作耳目,寄以重任,你们竟敢收受贿赂,颠倒是非,欺骗我,要你们又有何用?"于是下令都以烹刑煮杀之。

阿大夫的下场咎由自取,受贿大臣也死有余辜,而威王的吏治却有可取之处:一是不轻信人言,二是重调查研究,三是以实绩论升降,四是奖罚分明,五是反腐坚决彻底。人们常说,最大的腐败是用人的腐败。威王可谓抓到了点子上,使那些行贿受贿之徒没有了市场,那些脚踏实地干事业的人有了前途,百官再不敢文过饰非,都诚心为国服务。因此,齐国大治,诸侯畏服,成为战国七雄之一。

毛主席曾经一针见血地指出:"治党治国就是治吏。"由此可见,古今伟大的政治家都把整肃吏治,管好用好干部作为定国安邦的第一要务。因为,为政之要,唯在得人,得人才者,得天下。当今,要使贤德贤能遍布于各个岗位,是否也对那些"阿"们来点威王手段,免得两千多年前的阿大夫来攀比,说对他不公。

2000年5月于井字镇安居楼

"宰相故里"绽放的民主之花

黄巢山下，坐落着一个古老的小镇——井字镇。这是三国蜀相蒋琬的故乡，清末曾国藩也是从这里翻过铜梁大山，走向京城，成为一代"中兴名臣"的。有人把这个人文蔚集的地方称为"宰相故里"。历史到了20世纪80年代，"宰相故里"却徐徐绽放着一朵现代的民主文明之花。

一、老百姓的名字上了候选人的红榜

1980年10月，按照新的《选举法》，这里进行着一场"人民代表人民选，选好代表为人民"的前所未有的政治民主选举。按照《选举法》的要求，1人提名，10人联名附议，就可成为第一轮候选人。那些不知民主为何物的人们，当他们提的名字甚至自己的名字，也上了候选人红榜的时候，感到自己真正算个"人"了，特别的自豪。他们不在意当选与否，他们看重的是参与的过程。他们从内心感知，党和政府把我们当主人了，我们就应该为党和政府当好这个家，做好这个主。通过全体选民的民主选举，全镇共选出95名代表。12月，召开了井字公社第五届人民代表大会，选举产生了井字公社管委会，左祖益任管委会主任。这次会议还通过了工作报告和计划生育等八项乡规民约。代表们畅所欲言，收到建议意见达58条之多。

二、油印机搬到了选举大会的现场

1984年井字由社改镇，又逢换届选举。当时各村（选区）都采取召开选举大会的方式进行选举，不搞流动票箱。特别是同丰村，参加大会投票选举的人数超过选民数的90%。上面没有定调子，干部也不带意图，只提一个代表结构的指导意见，选民可自由提名。每个选民都完全按自己的意愿进行选举。镇选举办公室的人员带着钢板和油印机到选举现场，如果一次选举不成功，将按规定马上印制新的选票，再进行选举。对选举的各个环节各个方面事先都进行了周密的考虑，以确保人民当家做主意愿的真正实现。本届全镇共选出镇代表145人，其中男代表115人，女代表30人，党员代表110人，非党代表35人，农民代表120人，干部代表17人，

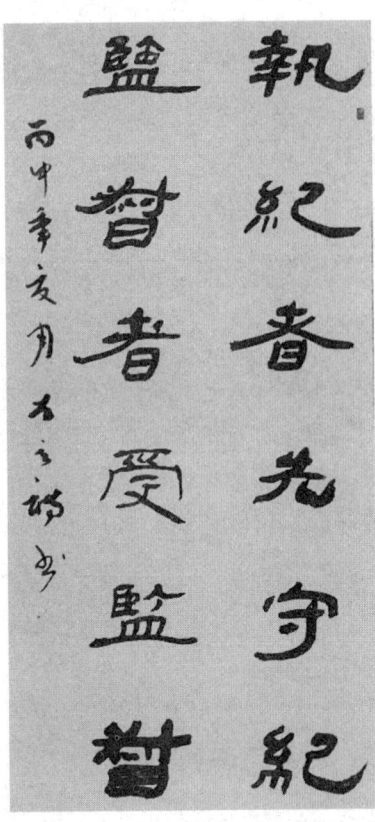

为娄底市食品药品监督局廉政文化走廊书

其他先进分子代表8人，符合代表结构要求，非常成功，还从群众中选举了曾跃良为农民副镇长。

三、第一次没有通过的财政预算报告

1989年撤区并乡井字镇和白碧乡合并为现在的井字镇。第八届人民代表大会在合并后召开。由于当时井字镇的学校危房多，民办教师报酬缺口大，当时实行的是乡学乡办的政策。"三提五统"加上"教育费附加"逐年增长，群众负担逐渐加重，代表为民代言，行使民主权利，使财政预算报告未能在大会上第一次通过。后来，主要领导在大会上向代表把情况说明，把数字算清，并说按现行政策只能这样，才能把我们全镇的事情办好，这样才得以通过。事后，人大代表进一步认识到人民民主的力量，领导也更加进一步加深了对人民代表大会制度的认识。

1999年，井字镇人民代表大会加强了对政府组成人员履职的监督，在全县率先组织人大代表对镇长、副镇长进行了评议，进一步促进了政府的工作。

四、一个引起全国人大重视的监督制度

2002年6月17日，在井字镇第十二届人民代表大会第二次会议上，61名人大代表庄严地举起了手，全票通过了《井字镇人民代表大会监督制度》，这是该镇规范和强化人大监督职能的一项重

>>> "宰相故里"绽放的民主之花

大举措。这是从基层人大工作的现实出发，综合有关法律法规制定的第一个系统的乡镇人大监督制度。

该制度明文规定了监督的主体是镇人民代表大会；监督的对象是镇人大主席团及正副主席，镇人民政府及正副镇长，镇属单位、部门，上级驻本行政区域内的单位、部门；监督的基本原则是坚持党的领导，依法监督，集体行使职权；监督的方式和程序是听取、审议专题工作报告，执法检查，视察，约见，咨询，工作评议，述职评议，罢免，撤销等。并把财政监督作为监督中的一个重要内容单独列项。

监督制度的制定得到了市、县人大常委会的高度重视和具体指导。市人大常委会副主任刘波等领导专程到井字镇视察人大监督工作，对井字镇人大把"党委工作的重点，政府工作的难点，人

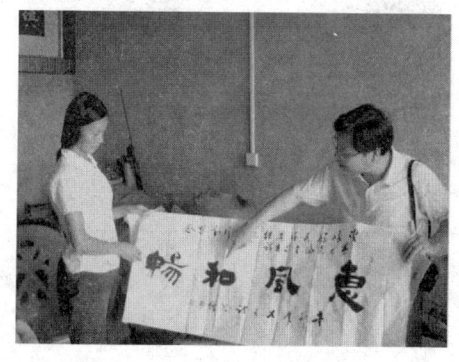

2011年9月，在双峰县人大"民族团结进步行"活动中，协调各方力量帮助远嫁双峰县青树坪镇的藏族妹普巴色珍一家改造危房并赠送书法作品"惠风和畅"以作纪念

153

民群众关心的热点，作为人大工作的着力点"给予充分的肯定。他指出，在国家监督法还没有出台之前，制定乡镇人民代表大会监督制度既是你们工作的职责所在，同时也是对乡镇人民代表大会制度的一个重大贡献。

《中国人大新闻》网上专栏以重要新闻的方式发布了"湖南双峰井字镇建立人民代表大会监督制度"这一消息。市委书记张建功看到这则新闻后，当即从网上下载，并亲笔批示："井字镇的经验引起了全国人大的高度重视，创造了经验，值得学习、总结、推广，请市人大予以关注。"《湖南日报》以《开全省乡镇之先河，为全国人大所关注——井字镇实施人民代表大会监督制度》为题进行了报道。

2016年7月，为国家森林公园九峰山题写刻石

五、谁好谁坏，人大代表说了算

评倒了一名副镇长。在井字镇第十一届人民代表大会第三次会议上，代表对该副镇长的工作意见和批评特别多，在评议打分时，列倒数第一位，后被组织查处。

评走了一名工商干部。2003年镇人大组织代表对工商所的工作进行了评议，该所有1名干部，群众反映他有"索拿卡要"行为，代表评议打分，他勉强得了60分，后受到组织的处分并被调走。

约见，约出了新气象。交管站存在乱收费、滥罚款、收费不开票、殴打司机等现象，镇人大组织代表紧急约见，交管站见错就改，对有关责任人进行严肃处理，并在短时间内建立了收费台账，建立了公示栏，并适当减免了特困户的收费，改变了工作之风，出现了新气象。

为民看紧钱袋子。每年7月，主席团都要听取镇人民政府财政所关于财政预算执行情况的半年汇报，分析当前财政形势，对存在的薄弱环节以及工作中应该改正的问题进行督促，每年的人代会都安排有财政工作报告，对"开源节流"进行严格审查。正是人大严格的监督促使镇财政预算管理走上了规范化的轨道。井字镇虽是财政贫困镇，却年年实现了财政收支平衡。在人大代表评议会议上财政所被评为"人大代表满意先进单位"，财政所长深有感触地说："金奖、银奖，不如代表的夸奖。"

监督制度的实施受到了省、市、县人大的高度评价和专家学者的高度关注。省人大领导专门到娄底市人大听取井字镇人大主席的经验汇报。省委党校专家和教授多次到井字镇进行调研，他们认为监督制度是一把掌握在人民手中的利剑。市县两级人大常委会分别发文，要求全面推行井字镇的《人民代表大会监督制度》。

二十八载民主春风的孕育，二十八载人大代表的辛勤浇灌，一枝现代民主文明的花朵，正在"宰相故里"——这个古老的小镇，生机盎然地徐徐绽放，古代文明与现代文明在这里相映生辉，呈现出一道独特的风景。

2008年9月于二未斋

诗歌选粹

游南岳有感（外二首）

大庙
七十二柱顶天立，
旧迹焕然心神怡。
千古文明犹堪赞，
圣帝还得后人为。

大庙由72根大柱撑起成殿，"文革"中被破坏，后经修复，开始供游人参观。

夜过半山亭
松涛溪流虫鸟鸣，
星星月亮照良朋。
半夜过后天地寂，
唯我屈指算前程。

登祝融峰
其一
仰观星辰近，
俯瞰翠微低。

今日悔登临，
从此看山失。

其二
天风吹我衣，
只觉胸无边。
不敢举足动，
唯恐飘上天。

以上三首，为1981年师范毕业暑期，与同学游南岳时作。

和中国书法院老师李守冰先生在教室

人大之歌
——写在地方人大常委会成立三十周年之际

（1）
人大
一个从未有过的名字
人大
一项亘古未有的制度

举着民主的大旗
它从血雨腥风中走来
举着科学的大旗
它从前赴后继中走来

它接受了
——火的洗礼，血的浇灌
它迎来了

临摹"关内侯印"

——人民新生,凤凰涅槃

几代先烈抛头洒血的期盼
就是为了
寻找着一个法宝
　一个世纪志士仁人的追求
　就是为了
　周期律不再回跑

历史选择了
人民代表大会制度
人民选择了
自己的家自己做主

临摹"宜民和众"

(2)
民主——科学——
——一个悠长的声音呼唤着
穿越辽阔的时空
文明——富强——
——一个铿锵的声音回答着
传来雷霆般轰鸣
当年五四的口号
如今在这里回应

从辛亥革命的旧民主
　到社会主义的新民主
　一切做了说明
　一切给了明证

临摹"日庚都萃车马"

世界大势
——顺之者昌
时代洪流
——逆之者亡

魂魄在——身体强
民主在——国家兴
一个民主法治的文明国家即将到来
一个民族复兴的伟大时代已经到来

自制印"乐山者寿"

（3）
世界多样
——各有色
求全划一
——不和谐
民主完善靠自己
永远不会有定格
东西文明
——原有别
世界因此
——更精彩

自制印"立诗私印"

贺龚有科老医师七十大寿

古稀已不易，
技妙乃更奇。
别有诗兴发，

自制印"左立诗印"

自制印"立诗""左"

身心皆可医。

龚医师医术高明，能诗联擅文辞，与我忘年之交。

问诊时，寥寥数语，能解患者胸中块垒，未药病已愈半。

端 午

年五五逢人五五，
五五本是风华时。
天公意我逍遥乐，
我偏还要作抖擞。
——55岁端午节吟怀

贺剪纸大师李希特先生七十华诞

七十古来稀，
大师更是难。
谁知手中艺，
拼却苦并寒。
没有双馨誉，
哪得众口传。
愿请春风剪，
裁出不老年。

自制印"左立诗玺"

贺曾宪植百年寿诞

大界多豪杰，
独有红阿曾。
二八入共党，

族里第一星。
叶帅革命伴,
妇联付终身。
正气真本色,
廉洁留清声。

贺自力弟五十华诞

曾记少时戏作文,
年过半百喊老人。
有情岁月无情去,
你我已是天命人。
回首少时犹痛叹,
先苦后甜谢天恩。
同龄有人劳还累,
吾辈早已闲若神。
皇天待汝算不薄,
儿孙绕膝享天伦。
日子好过要慢品,
再赠半百予弟存。
中天之日光耀在,
我许尔有大业伸。
人生事业本无定,
请看夕阳红似金。

农历十一月初七,自力弟五十华诞,偕妻赴广州与儿、媳团聚,赠打油诗一首,并祝生日快乐!

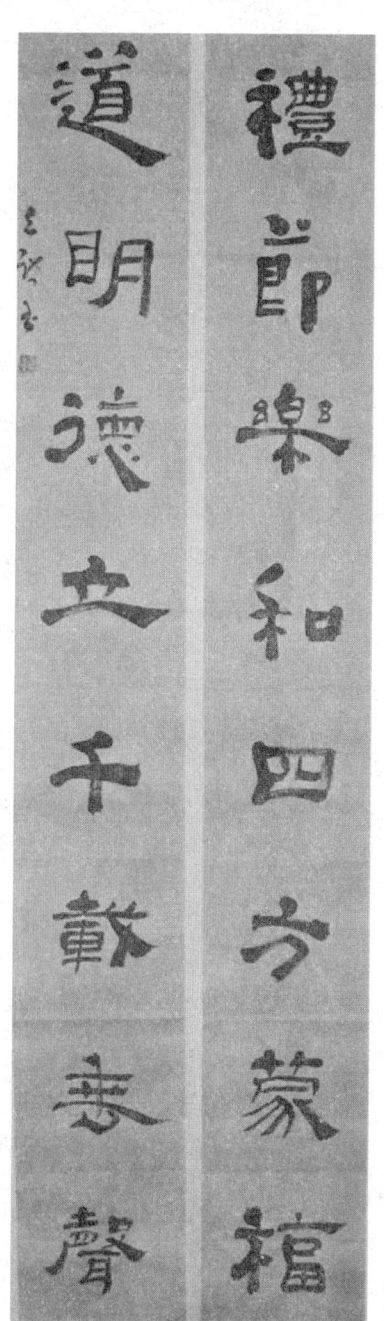

161

双峰之歌

没有九寨沟的水
却有水府庙的水灌韶山
没有张家界的山
却有九峰与南岳山连山
特别是那乡间的侯府
富厚堂名字天下传

没有关公的大刀
却有鉴湖女侠的剑
没有孔子的《论语》
却有《曾国藩全集》卅卷
特别是那毛主席的同学蔡和森
党的名字他第一个喊

双峰惹人恋
这是湘军的摇篮
双峰惹人爱
这是湖湘文化的源
耕读天下富厚日新
双峰精神代代传

无题

不愁吃来不愁喝,
纸笔墨砚来歌舞。
人生难得有此境,

闲云野鹤戏皇都。
——2014年于中国书法院

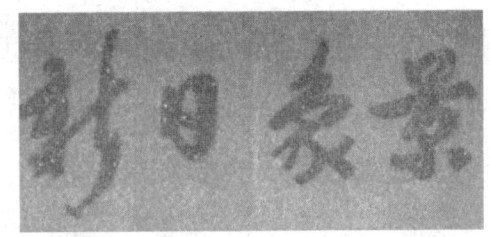

清明

一
清明时节艳阳高，
山花烂漫闹得欢。
借问此日何处胜，
家家各自扫祖山。
二
满目风物清明天，
杜鹃闹阳欲斗艳。
小康不忘先辈德，
一瓣心香祭祖先。

六十生日答微友

外出潜游避一甲，
亲友自在我乐呵。
不料北斗作神探，
却被幸福给逮着。

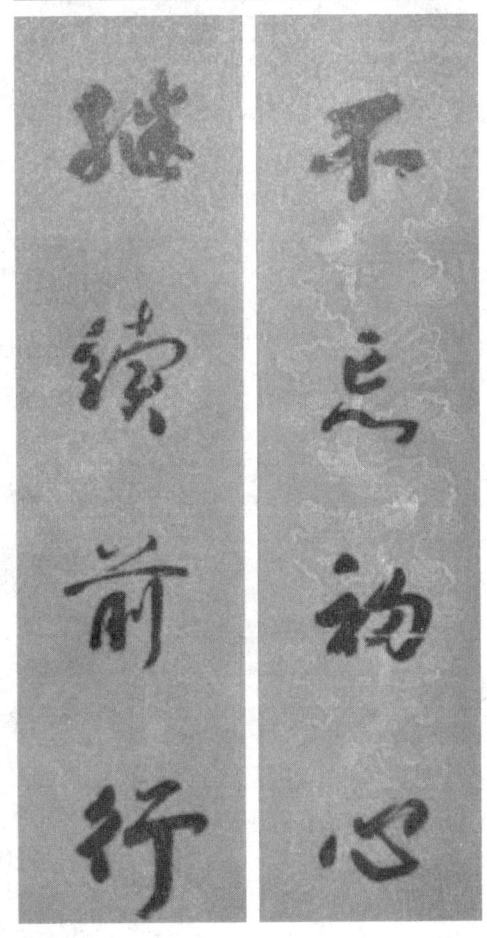

本是个说走就走的旅行，不料微信作祟，引来很多微友的关注和祝福，感觉幸福满满的，特此致谢。

对联选粹

一、2000年参加《娄底晚报》"贴上新世纪的门柱"征联活动：

百年难逝因余音绕梁英雄绝唱留还恋；
千秋易来缘后秀崛起豪杰高歌催又急。

费百年探求终于走上改革开放富强路；
望举国奋发从此栽下民主文明幸福花。

千秋门槛踏两脚前后踩着几世纪终身荣耀；
百年钟声听一回左右传来五洲音此生不虚。

二、2008年参加县委宣传部主题征联活动：

1. 抗震救灾：

天公作孽，制造汶川国殇，叫我撕心裂肺，痛呼——汶川挺住！
世间有情，演绎中国民魂，令人荡气回肠，喜听——中国加油！

2. 颂奥运，赞中华：

百载圆一梦，但期圣火照古城，鸟巢同乐，显国泰民安，九州华夏崛世界；

五环连全球，尽让健儿聚北京，奥林共赢，扬和平友谊，四海嘉朋颂中华。

3. 纪念"改革开放三十年"：

改革前，一心闹，单车、手表、缝纫机，挣来很难，苦中作乐，真无奈；

开放后，两手抓，小车、楼房、互联网，想要却易，富后思进，好开心。

与广西艺术学院教授、广西书法家协会副主席张羽翔老师合影

三、其他：

1. 为双峰湄水河风光带撰：

湄水流一河文采；

双峰蕴满城春风。

2. 戊子岁末感联：

春遇冰灾，夏遭地震，年末又逢经济危机，国人愈挫愈奋，几度壮景含泪看；

先办奥运，后飞神七，而今再讲科学发展，前程越来越好，一路豪情向天歌。

3. 井字镇陈家村（县财政局扶贫点）通车典礼联：

石柱峰下，一道蜿蜒通陈家，四季景色都是画；

水泥路上，十分舒畅思党恩，几度财政总关情。

2013年在北京欢度国庆

与浙江大学艺术系汪永江教授合影

4. 挽唐诗戡老师：

人已去，久仰未曾谋一面，遗憾！

书尚存，沉吟也能慰众心，缅怀。

5. 游千金梅龙山做客大家湾留联：

梅龙千金地；

大家万种福。

6. 为纪念曾国藩诞辰200周年而作：

中华九州豪杰，岂是炼狱可垂史；

大浪千秋激荡，只有涤生能留名。

7. 挽心仪之师曾老彩初先生：

先地下，后地上，一身正气为国谋，先忧后乐与谁共？

始育人，终攻艺，双馨令侪望指归，始学终成有人传！

8. 贺双峰县诗联学会换届：

诗是源头有经在，已泽万代；

联起桃符更风流，再续千秋！

9. 纪念中国共产党成立95周年、红军长征胜利80周年联：

井冈星火传万里，风云际会终燎原，早成绝唱青史；

共产党人历百年，砥砺求索再长征，正圆美梦中国。

2007年7月，与湖南省书法家协会副主席、湖南省"德艺双馨书法家"刘广文合影于长沙

古雅温润话"左书"

贺戡黎

"左书"者,左立诗之书法也。

我喜欢他那古雅温润的书风。他既继承了中国古代文人书法的传统,又在现代艺术理念的观照下大胆创新,形成了古朴厚重、大气文雅、温和滋润、潇洒浪漫的艺术风格。他的字透出一股从传统走来的古气,一股雍容儒雅的文气,一股生机盎然的朝气。

贺戡黎

读他的作品,是一种美的享受。你仿佛进入一片森林:高大的乔木,蓊郁的灌丛,烂漫的山花,潺潺的流水,到处生机蓬勃;又仿佛进入一座博物馆:斑斓的青铜器,古拙而厚重,磨蚀的秦牍汉简,朴实而工巧,令你爱不释手;又仿佛进入魏晋文人的生活圈,看见阮籍在品酒,听见嵇康在抚琴……

他的书法,是长期临习和修养出来的。远的不说,就从1986年他从西安碑林拎回一大摞碑帖算起,也整整26年了。20多年来,他从《乙瑛碑》入手，主攻隶书，将端庄凝重、气象雍容的《乙瑛碑》临到十分熟悉，打好隶书基础后，又吸收《曹全碑》的灵秀、《石门颂》的劲健、《张迁碑》的稚拙。近年又在临写《礼器碑》，此碑历来以为是"隶书极则"，它"无字不变，无美不具"，"以为清超，却又遒劲，以为遒劲，却又肃括。自有分隶来，莫有超妙如此碑者"。立诗于此碑研习渐深，他的隶书也越来越向高峰攀登。其他著名碑帖，他也十分留意，如长沙马王堆出土的汉简、帛书，王羲之父子的行草，唐代的楷书等，或仔细研读，或临池摹写，从中获取营养，并能在创作中参合运用。

他注意把临写和研读结合起来。在研究比较中，不断提高自己认识和驾驭笔墨的能力。他说，真正的好字不只是用"手"写出来的，而是用"心"写出来的。练习写字，不但要用手，而且要用脑，这样才能做到心手双畅，挥洒自如。

立诗是一位文人，一位文人书法家。

他注重自己整体素养的提高。他对书画大师王憨山"二分写字，二分画画，六分读书"的主张十分赞佩，并奉为自己的准则。因为一个没有学养的人，即使字写得好，也不可能成为书法家，只能是一个写字匠。因此，一有时间，不是刻苦练字，就是

在北京房山十渡写生

潜心读书，经史子集、唐诗宋词他都广泛涉猎，经过长期的浸淫，他的文学修养不断提高。他写的诗有模有样，撰的对联常有奇思妙想，行家也时有好评。

他把练字和研究书法理论结合起来。他多篇书法理论文章，见诸各种书刊，如《曾国藩的书法、书论及其他》《"真知大源"与"必传千古"——曾国藩与何绍基的书法情缘》《再读王憨山——王憨山逝世六周年祭并谈"憨体"书法》等，都有一定的理论深度。他还善于总结自己的学书心得，如《书法报》刊登的《字乐？自乐！》，《娄底日报》上的《"书法之旅"散记》，还有《北京学艺随记》等文章，情趣盎然，生动活泼。

他生性平和，律己以严，待人以宽，谦虚谨慎。通过读书、习字和写文章，接受传统文化的熏陶，养成了宁静温和的心态，谦恭儒雅的风度。"字如其人"，立诗的隶书，秀色可餐而无俗气，温柔滋润而无火气，大气蓬勃而无野气，古朴厚重而无流气，俨然大家风范，这是有其根本原因的。

寻找他书法之路的足迹，我深切感觉到：一是他的书法艺术是经过漫长刻苦练习之后，终于在某种环境和条件的影响下得来的一朝"开悟"，不仅仅

2015年元月,为"双峰县光荣院"题写匾额

是苦练而已。二是他善于支配时间,做到工作和学书两不误,这是需要坚强毅力的,不仅仅是不休息而已。三是他锲而不舍的艺术追求,功力越积越厚,书法之路越走越宽广,不仅仅是新秀而已。

立诗正当盛年,前途无量。让我们期待他,祝福他。

贺裁黎:双峰县县委原常委、宣传部部长
　　　　人大常委会副主任
　　　　书协顾问

禅心入字 墨趣天成

谢 琰 谭剑翔

谢琰、谭剑翔

　　清悠的湄水滋养着双峰这座书画底蕴深厚的小城。水的宽厚、包容、清灵、纯净也渗入了文人墨客的情怀，培育出风格各异的书画艺术家。在湄水之畔我幸会了左立诗先生，一位儒雅、内敛、睿智的文人书法家。

　　左立诗先生是一位特别随和的人，像江南的水恬淡、温和、不争不怒，以豁达的心胸容纳万物。他以写字为乐，却不以之为名，只为怡悦性情，权当生命的一种体验。只要有志同道合者，无论老幼妍媸，先生均乐与之交流。认识先生时，先生已书名鹊起，只见他依然求师问道不懈，不惜远赴北京甚至到韩国等地开阔眼界。先生择师亦不以年龄为标准，唯以"道"为向导。让我想起"孔子师郯子、苌弘、师襄、老聃"。这是何等虚怀广纳的胸怀！

先生对于书法的爱好起源于幼时,弱冠之时即名动乡里,逢年过节乡里乡亲常请之书写对联。青年时期为工作而努力,亦未曾弃笔,至盛年对书法的爱好与日俱增。他带着传统的厚重,用锐利的时代眼光剖析书法,把自己的独到见解融入到书法的实践中,不从唐楷入手,而从书法的上游——汉隶开始求索,细细体味《礼器碑》《张迁碑》《衡方碑》等名碑神韵,以创作的心态临帖,以临帖的心态创作。步入中年后先生的书法渐入佳境,有着明显的传统脉络,但又具有鲜明的自我个性,纳古出新,风格独具。

看立诗先生的作品是一种乐趣,如秘境探幽,气象万千。每一幅作品随着内容的不同而体现出不同的观赏趣味,每一个字都张扬着自我的个性,如鲜活的生命。先生的简书作品,看似随意挥洒,不求笔画的严整细腻,字体似欹还

<<< 禅心入字 墨趣天成

倾,若篆似隶,亦工亦草;然随字赋形,高低相应,左右和谐,有自然的错落美;依形造势,疏密互见,伸缩得意,有丰富的节奏感。走进作品中如入野林逸境,有不饰雕琢之美,禅意盎然、墨趣淋漓,有道法自然之妙。

先生的书法创作往往能意会古人,体现书写内容的意境。他以清雅圆润的汉隶为基础,融入行书的笔意书写苏轼的《水调歌头》,通篇作品洒脱而浪漫,又带着几分醉意的豪放。对于曾国藩的诗作,先生借《衡方碑》的厚重写得端庄大气,字字严而不拘,松而不散,血脉流畅,神气完足,足见功力深厚。曾氏严谨内敛的精神气质在字里行间自然流露出来。若非一颗禅心,哪能有这般领悟。

画僧石涛曾云:"笔墨当随时代。"书法亦然。先生尝书一古联:"司空弘道置掾百六;太史书年受徒三千。"素宣上先用淡墨小隶临碑数行字,满纸出框,以之为底衬,再以大笔浓墨挥毫书写正文,字体方正宽厚、雄健茂盛、古朴厚重,有《鲜于璜碑》《好大王碑》之神韵,

且古今融合，形式新颖，赏心悦目。

立诗先生不仅是一位领悟禅机的书法家，更是是一位儒雅的文人，写得一手好文章。或许是因为和历史风云人物曾国藩是同乡，先生做学问严谨而认真。他对曾氏的修身、齐家、治国之道及在书法上的造诣颇有研究，每写及关于曾氏的论文都考据详细，见解独到，发人深省。先生有深厚的艺术素养，其所写的书画评论或朴实而真情，或新颖而视野独特，平中寓奇，能直入画者书家的灵魂。而观先生的小品文隽永诙谐，蕴含着睿智哲思，让人会心一笑之余，而颇有感触。

古人云："凡书，……不在点画之功，而在风神之高，而风神之高，在于人品之高。"和先生交流最能舒怀畅意，几杯清茶入喉，畅叙古今、谈论书法，恍如风流魏晋时期"竹林七贤"的一场聚会，只有思想的争鸣，无年龄的距离，无时空的束缚。与之交流越多，就越能感受到先生的禅心睿智与人格魅力。正因如此，先生的"字"才有了生命般流动的神韵和气息，也让人更期待……

作者：中国博物馆学会会员

国藩故里左"隶书"

凌 军

曾国藩故里—————双峰,湖南腹地,地灵人杰。近年,故里书画人物左立诗先生,逐渐为人称道,并引起了外界关注。

左先生于书法研习并重,他发表的《曾国藩的书法、书论及其他》《再读王憨山——王憨山逝世六周年祭并谈"憨体"书法》等十余篇专业文章,总结他人,抒写己见,深入浅出,艺理贯通,可窥其治学之严谨,功力之深厚。在书法创作上,特别注重整体效果与细节的把握,他以整体效果营造作品氛围,以细节表达笔墨语言。他对笔画的浓淡枯湿、长短粗细、使转变化,处理精到,准确生动。先生兼治印,把治印当作书法,方寸间体现章法;把书法当作治印,细微处凸显精神。先生的书法作品宽阔淡雅,呈宁静意境。墨迹中透出他参合前贤的心得、勤奋苦练的感悟、艺术与情感的交融,这种淡雅宁静不是空泛沉寂,它已经历了时空的洗礼,虽无声,却有言。

凌 军

和中国书法院培训部主任姜玉波老师在展厅

左立诗先生好书曾国藩诗联警句,曾氏言语意蕴深远,却平易近人,既有人间烟火气,又含很深人生哲理,这正是先生所追求的书法境界——雅俗共赏。他书曾氏联语,内容主旨与艺术表现融为一体,特别受人青睐,他一件拍卖2万元的书法作品,即以曾国藩的家训为内容。先生热心公益事业,将这笔钱悉数捐赠给娄底市政府救助贫困母亲。先生爱好交游,对书画界的朋友都尊为"老师",经常一起游览名山大川,相互交流切磋,曾应省书协邀请赴韩国进行书法交流活动,他认为这些对书法和人生都是最好的历练。在书法创作和曾国藩研究上倾注了太多感情,因此,他也最珍惜两个名分——曾国藩研究会会员和湖南省书法家协会会员。

曾国藩故里方言中,"立、隶""诗、书"谐音,左立诗先生书法创作又以隶体闻名,人们都称他为左"隶书",来表达对他的尊敬与喜爱之情。

作者:湖湘文化学者

治教如立诗
——记双峰县井字镇学区主任左立诗

戴向阳　李增名　谭红卫

1991年7月,双峰县井字镇400多名教师投票选举了他们的当家人,左立诗成了该学区第一位所谓"民选总统"。

8月,左立诗顶着骄阳,北上汨罗,南下衡阳,取回了"真经",亲自主笔制定了《井字镇学区中小学校管理常规》166条,推行"校长教师双向选择、劳动优化组合、满负荷工作、按劳动的数量和质量取酬"的四制改革。教师被推上了改革浪潮的巅峰,蕴藏在教师心中多年的潜能得到了淋漓尽致的发挥。1993年,全镇中专上线35人,初中毕业生和小学毕业生的合格率分别提高了20%和18%,赫赫佳绩令人们对这位年轻主任刮目相看。

"加强管理还

参观紫金山天文台

仅仅是为改革提供良好的外部条件，开展教研活动，提高教师自身素质才是教育教学大面积丰收的根本出路！"成立以教学骨干和教学管理人员合二为一的学区中心教研组，让"门内汉"来研究、评估、管理

和孙子彭左玉镜在交谈

学校各项工作，是左立诗心中多年的夙愿。如今中心教研组领导的"小学五年制语数同步实验班"被中央教科所和省、地、县评为"教改先进单位"。为搞好教改实验，聘请县教研室的18位领导和教研员为顾问和指导教师，中心教研组还多次派实验教师和课题负责人去昆明、深圳、三明、海南、井冈山等地参加教学研究、论文交流和总结表彰等活动，外面世界拂来的春风激发了内部的活力，孕育出一个个崭新的教研教改成果。

左立诗当初上任时，面对的是风雨飘摇的校舍，缺桌少凳的教室，猪圈与教室连在一起，鸡鸣声与读书声汇成一

游黄山莲花峰

曲……。必须改善办学条件——"拣最硬的骨头啃"，3年来，井字镇共投资500万元，改建新建学校21所，总面积达3000㎡，其中有10所学校被上级验收为合格学校。这些宽敞气派、窗明几净的学校凝聚着左立诗的"心血"，在建校过程中，他常常白天和大家一起挥汗如雨，晚上又披星戴月奔走求援。没日没夜的苦干，使他积劳成疾，三次吐血……

是什么力量激励着他呕心沥血，忘我工作？名耶？利耶？非也！要说名气，去年全镇教师一致推举他为省级先进，他却让给一位民办教师，要说私利，有许多腰缠万贯的同窗邀他南下"淘金"，却被他婉言谢绝了。"教师们选择了我，就是对我的最高褒奖，拼却一生酬知己，甘洒热汗在教坛，就是我的最大欣慰！"他如是说。

李增名：双峰县人民政府办公室主任（副处）
戴向阳：双峰县教育局副局长
谭红卫：记者

无愧于人民

周鹏飞　葛新良

今年8月，全市乡镇人大工作经验交流会上，一位来自双峰山区的人大主席就建立并实施乡镇人民代表大会监督制度做了典型发言，引起了省市领导和与会人员的高度关注。他，就是井字镇人大主席左立诗。

作为乡镇人大，如何充分发挥代表作用，积极有效地监督政府及部门的工作，这是左立诗一直思考的问题。要搞好监督就必须有章可循。于是，他努力钻研有关法律法规，组织起草了《井字镇人民代表大会监督制度》，并在今年6月17日的镇人代会上一致通过。这是第一个乡镇人大监督制度，标志着基层人大监督从此走上了有章可循的轨道。7月1日，市委书记张建功从中国人大新闻网上看到了这一消息，当即亲笔批示："井字镇的监督制度引起了全国人大的高度重视，创造了经验，值得学习、总结、推广。"

按照制度的规定，左立诗组织人

泰山极顶

大代表成功地约见了荷叶交管站负责人，评议了财政所、供电所、工商所的工作，并对镇财政预算半年执行情况进行了审议，该镇人大监督工作呈现出一片生动活泼的局面。

左立诗注重为民办实事，他先后组织群众新建改建了石羊、洪枫、约溪多条村组公路，改善了6个村、2个镇内大企业、2所学校的交通问题，被群众称为"修路干部"。几年来，他主持调解的大小案件上百件，件件都得到妥善解决。

井字镇地处偏僻，交通落后，经济发展水平低。他一方面积极向上级报告，为贫困村搞好水、电、路等基础设施建设奔波不息；另一方面，组织村民大力进行产业结构调整，先后在乔木、增峰、坪石建立了药材基地，在黄巢、约溪、长湾建立了生猪品改基地，在松庄、同乐、红光村建立了经果林基地，使广大贫困村民基本上拥有了一技之长，村民人均收入年增长在100元以上。

左立诗为人正直，办事公道，在群众中享有很高的威望，他以他的努力工作和显著成绩谱写了一曲壮美的人生乐章。

葛新良：双峰县组织部正科级组织员
周鹏飞：记者

伯父左福祺赠联

一

立身唯勤俭，
诗书作导师。

二

立德思仁政，
诗礼振家声。

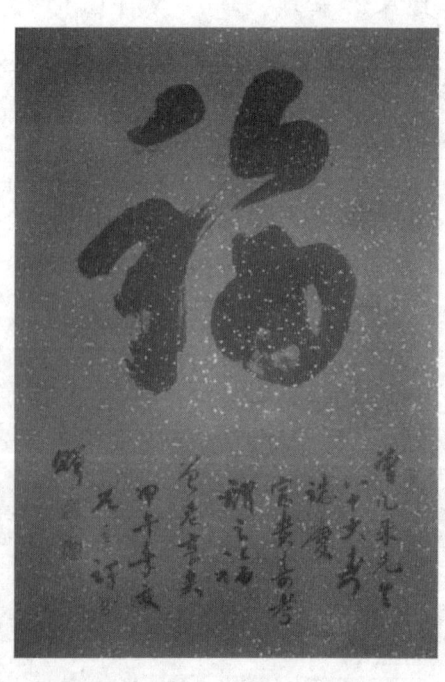

网友赵贵生赠联

以下是引用赵贵生在2010年5月26日的微博发言：

对对联，讲究个急智，应眼前景，脱口而来，才有味道，第一个五行对，是个绝对，不好对的，第二个七色对，倒可以试试（不严格讲究平仄了，乐一乐而已）

白搭街，黄铁匠，生红炉，烧黑碳，冒青烟，闪蓝光，淬紫铁，面北朝南打东西（七色）

中里人，左委员，本后生，素下位，好上进，法前人，追右军，经冬历夏写春秋（七方）

中里人：即双峰人，双峰属原湘乡中里。

左委员：即本县书法爱好者左立诗，人大常委会委员，教科文卫工委主任。

右军：指王右军即王羲之。

左立诗年表

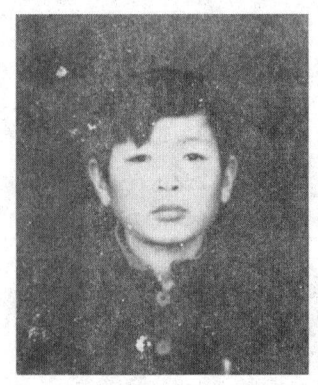

1957年：（1岁）
8月28日（农历），出生于双峰县井字公社莲塘大队胜云生产队大冲的一个农民家庭。

1961年：（4岁）
7月25日，父亲左连祺因病去世，享年仅37岁。

1965年：（8岁）
秋，在莲塘耕读学校复式班读小学，学校解散后迁井字完小毕业。

1971年：（14岁）
春，入双峰五中初35班读书至毕业。

1973年：（16岁）
春，入双峰五中高8班读书至毕业。

1975年：（18岁）
在家务农。

1976年：（19岁）
5月，被井字公社录用为民办教师并在井字完小任教。
9月，被安排回莲塘大队创办莲塘小学。

1979 年：（22 岁）

秋，考入娄底师范学校，中专毕业。

1981 年：（24 岁）

秋，被分派到原荷叶中学任教。

1982 年：（25 岁）

11月，与陈翼翼老师结婚。

1983 年：（26 岁）

秋，被任命为原荷叶公社教育干事。

1984 年：（27 岁）

11月，在荷叶公社文教支部加入中国共产党。

农历11月10日（公历1985年元旦）子夜，女儿左少艾出生于荷叶中学。

1985 年：（28 岁）

春，考入怀化师专政史科教师进修班学习2年，专科毕业。

1986 年：（29 岁）

冬，进修班考察西安等地的古文化遗址，参观西安碑林买回一批字帖。

1987 年：（30 岁）

春，调原荷叶区文教办任教学辅导员。

秋，参加县、市中学政治优质课竞赛，分别获第一名和一等奖。

考入湖南省教育学院政治专业函授学习4年，本科毕业。

1988 年：（31 岁）

3月22日，母亲黄声余因病去世，享年仅

和夫人陈翼翼在北京鸟巢

61岁。

1989年：（32岁）

春，撤区并乡，调井字镇学区任副主任兼教学辅导员。

1991年：（34岁）

9月，任井字镇学区主任，由全镇教师选举产生。

任内因狠抓教育教学质量，大力改善办学条件，推行"四制"改革，事迹被《娄底日报》《湖南教育报》等推介。

1993年：（36岁）

9月至12月，参加娄底地区教育学院的学区主任中学校长培训班学习，并赴北京、天津考察。

1995年：（38岁）

调井字镇人民政府，当选副镇长。

1998年：（41岁）

任井字镇党委副书记。

2000年：（43岁）

9月，参加市委党校"中青班"学习半年。

11月，参加《娄底晚报》"贴上新世纪的门柱"征联活动，有3联被刊用。

2001年：（44岁）

任井字镇党委副书记、人大主席。

在国家森林公园九峰山写生

2002年：（45岁）

6月，主持制定通过并实施了《井字镇人民代表大会监督制度》，受到省、市、县人大的肯定和推广，并受到全国人大媒体的推介。娄底市委原书记张建功批示："井字镇的经验引起了全国人大的高度重视，创造了经验，值得学习、总结、推广。"

得车楼前留影

2003年：（46岁）

秋，参加县人大组织的乡镇人大主席考察云南等地的活动。

冬，被双峰县委县政府授予"艰苦奋斗 勤廉为民"优秀领导干部称号。

2004年：（47岁）

加入市书协和市书法研究会。

夏，考察福建厦门、海南等地的石材开发。

秋，筹办井字镇首届农民书画展。

9月，调县人大任教科文卫工委主任。

2005年：（48岁）

春，和县人大机关的同志考察张家界、凤凰等地。

8月，参加市书协换届大会，任市书协理事、创作委员会副主任。

秋，2件书法作品参加双峰一中"百年校庆书画展"，并被一中收藏。

2006年：（49岁）

1件书法作品入选市书协主办的"娄底市书法精品展"并结集出版。

1件书法作品入选"首届湖南省公务员书画展"。

为《沧溟左氏十修族谱》题写"承前启后，继往开来"扉页并篆刻"沧溟左氏"纪念章。

冬，和县人大常委会的同志考察辽、吉、黑、内蒙四省区。

2007年：（50岁）

春，县人大教科文卫委和县旅游局考察张谷英村、婺源、黄山等地的旅游开发。

6月，省书协邀请赴韩国参加书法文化艺术交流活动。

秋，县人大常委会考察四川的成都、都江堰、峨眉山、九寨沟等地。

在县第十五届人代会上当选为县人大常委委员并继续担任教科文卫工委主任。

在"书画之乡"走马街镇送文化下乡

2008年：(51岁)

3月，加入湖南省书法家协会。

1件书法作品捐给市"救助贫困母亲献爱心"活动，被拍卖2万元。

4月，书法作品被《诗词》报专版介绍。

参加县委宣传部组织的三大主题征联活动，三联获佳作奖。

12月，加入曾国藩研究会，任研究员。

个人小传和一件书法作品入编《双峰人物志》。

2009年：（52岁）

3月，进修于中国书协培训中心张继导师工作室。

5月，1篇作品在《书法报》上发表。

6月，随张继导师到洛阳张海书法艺术馆学习，参观王铎故居、龙门石窟、玄奘故里等。

9月，随张继导师到衡阳市学习，并考察衡山南岳的佛道文化。

10月，1件书法作品获湖南省第三届艺术节书法优秀奖。

2010年：（53岁）

3月，1件作品入选中国书法家协会培训中心教学成果优秀作品。

11月，1件书法作品入选"娄底·苏州"书法联展并结集由中国文艺出版社出版。

11月，为《王雪松书画选》题写扉页。

12月，1件作品选入中央文献出版社出版的《怀念阿曾同志》。

2011年：（54岁）

3月，1件书法作品入选第八届中国书论史国际研讨会暨简帛耀洞庭——国际简帛书法展

5月，1件书法作品入选娄底市书法研究会成立十周年书法精品展并编入纪念集。

7月，1件书法作品被双峰县"庆祝建党90周年/建县60周年书法展"评为一等奖。

10月，为省级文物保护单位"葛氏宗祠"神龛书写对联1副。

2012年：（55岁）

3月，和市人大代表一起考察宝岛台湾，赠送台湾胡小海女士"海内存知己，天涯若比邻"书法作品1件。

10月1日，女儿左少艾与彭光任结婚，为他们举办婚礼。

年底，因年龄原因退居二线，改任县委督办员。

2013年：（56岁）

3月，个人简介和1件书法作品编入《双峰春秋》。

4月，《娄底日报》副刊发表书法作品1件。

9月，赴中国艺术研究院中国书法院学习1年。

12月，1件书法作品被双峰县第三届书法展评为一等奖。

12月，《娄底人大》杂志专版介绍书法作品。

女婿彭光任、女儿左少艾、孙子彭左玉镜参观双峰文塔留影

2014年：（57岁）

1月，1件书法作品由市书协组织赴长沙展出，结集《回顾与展望》。

4月，随管俊、刘彦水、曾三凯老师赴北京房山十渡写生。

7月，1件作品和一首诗收入结业作品集，并在《书法导报》发表。

7月10日（农历6月14日）凌晨2点28分，孙彭左玉镜诞生，重6.3斤，母子平安大吉。

9月，1件书法作品被省人大书画比赛评为一等奖并结集出版。

12月，为"双峰县光荣院"书写横匾。

自制印"吉祥"

2015年：（58岁）

1月，经市委组织部批准享受副处级待遇。

5月，为双峰文塔书写"曾国藩八本家训"。

7月，参加同学王新元在杭州举办的书法篆刻展，游览西泠印社等名胜。

8月，一件书法作品参加娄底市纪念中国抗日战争胜利和世界反法西斯战争胜利70周年原创诗词书法展获优秀奖。

10月，参加首届中国娄底书画艺术交易博览会，60件书法作品被拍卖。

12月，题写"九峰山庄"和"锦绣九峰"刻石等。

2016年：（59岁）

5月，游山东：一山（泰山）一水（水泊梁山）一圣人（孔子）。参观《汉魏碑刻陈列馆》，拜谒

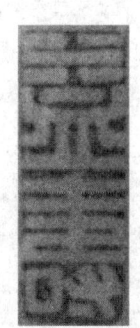

自制印"益寿"

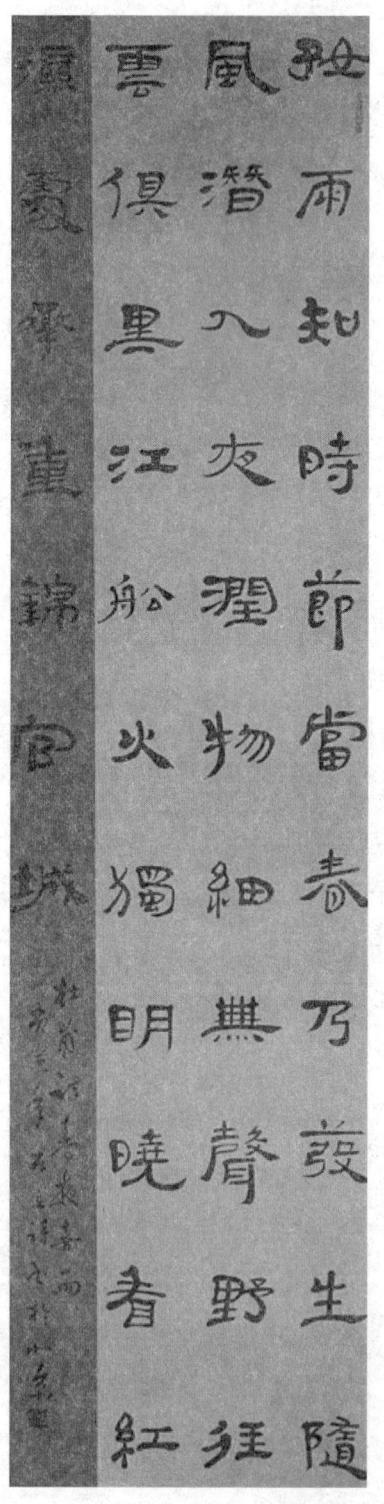

《礼器碑》《乙瑛碑》《史晨碑》等名碑。

7月，1件作品入展湖南省书协"爱国主义书法展"并结集出版。

9月，六十初度，游桂林、阳朔等，赏山、水、洞、石。

12月，加入湖南诗词协会。

2017年：（60岁）

1月，1件书法作品参加"娄底书画艺术佛山展"并结集出版。

2月，临摹《庐山高》等古画以自娱。

6月，为"周友庆民俗画集"题写书名。

8月，游上海、苏州、无锡、南京等地自庆花甲。

10月，正式退休。

11月，编辑《得车楼谭艺——左立诗艺文选》。

……

自然的韵味

阳　剑

一天，立诗先生送来《得车楼谭艺》的样书要我看看，平时也零星读过他的一些文章，现在能集成一束，自然可以好好拜读。

家中常有些读书人来坐坐，我便向他们推荐，说左立诗要出书了。有几位朋友借了样书去读，过几天送回来。其中有朋友说：写得有韵味，很自然。

于是，就有了这篇文章的标题——自然的韵味。

自然之一是读起来自然，很少有生涩的词汇和古奥的用典。往往用通俗明白的话语说明一些大道理，不必费神去查字典或者去百度。他所写的人物，无论是曾国藩、曾国荃，还是毛泽东、左宗棠、何绍基，或家乡人物，或湖湘翘楚，既熟知，又感觉亲切。至于当代双峰名家，都是我交往和熟悉的，左书一写，眼前立即浮现他们的形象。所谓一卷在手，风声雨声谈笑声，声声入耳，倍感亲切自然。

自然之二是书论正确，顺乎自然。左书所阐发的书论，立论有据，严谨平实，世间真实的美是简朴的，绕来绕去的所谓学术，不过是故作高深的装样。生活如此，艺术亦如此。左书谈书法之道，推崇古人，尤对乡贤前辈曾国藩家族的书法艺术论述多多。正如何绍基所论"真知大源，断不可暴弃"。一面道出书法与读书思考的关系，一面强调了书法需经长时间的练习。

这本书也是一本很有韵味的书。

韵味之一，记叙的多是身边人和事。这种韵味，在熟人读来，除开文章本身带来的故事外，我们可以体会本地文坛旧事，于前辈今人的艺术人生中，获得启迪和教益。不熟的人读来，当然收获更多。

韵味之二，是文字真实亲切。在自然朴实的叙述中，抵达你心灵愉悦的彼岸。好书就是一位益友，它会一直陪伴着你。读好书就像一次愉快的旅行，可沿途慢慢地欣赏，也如品一杯香茗，可细细地品味其中的清香。

得车楼自可谈艺，我在其中得到美与自然的享受。

　　　　　阳剑：湖南省双峰县文联原主席、
　　　　　　　　中国作家协会会员

后记

六十岁了。

我把从前散落在报刊、相册、博客、微信、书屉、墙角而幸存下来的，一些只言片语的小文章，一鳞半爪的书画小品，泛黄斑驳的小照片，搜罗出来集为一册，作为人生的一个小结，献给关注我的人和我关注的人。

因为这些人和事不断浮现在我的脑海，是我生命中最重要的一部分，生怕他们丢失，我以这种方式把他们珍藏起来，作为永久的记忆。

这些小东西，记录着我人生艺术追求的足迹和理想，主张和收获，交往和友情。想了解我的人，这也是一个窗口。我以这种姿态向世人绽放，诠释着小生命的意义——"苔花如米小，也学牡丹开"。

写我的几位作者的照片和我写的几篇评论文章的主人的作品照片插图排在文章之首，本书其他插图都是我的一些书、画、印的旧作和艺术生活照片，则根据版面需要随意安排，和文章一样，不分先后，一任自然。

人生渐老，幸有艺谭常新。

二〇一八年正月于得车楼